江苏省高校优势学科建设工程三期项目

苏格兰文学经典导读　主　编　吕洪灵

千面诗人埃德温·摩根

[英] 詹姆斯·麦戈尼格尔 著　李 丽 译

南京大学出版社

苏格兰文学经典导读编委会

总主编 吕洪灵
顾问 张剑　John Blair Corbett

编委会(字母顺序排列)
何宁　李正栓　王岚　王卫新　杨靖　姚君伟

Ian Brown
Gerard Carruthers
Sarah M.Dunnigan
David Goldie
Ronnie Renton
Carla Sassi

序

2018年10月31日,为筹备在南京召开的苏格兰文学研讨会设置的会议邮箱里收到了一封信,正是这封信开启了本套书的策划与翻译工作。来信者是时任苏格兰文学研究会(ASLS)副会长的科比特(John Blair Corbett)教授,他在信中表达了在中国推介苏格兰文学的热情,并询问是否有可能合作在中国翻译出版该研究会编辑出版的《苏格兰文学笔记》(Scotnotes)系列。在国内编译出版一套以"苏格兰文学"冠名的丛书?这可是一个令人忐忑的提议。

说起《哈利·波特》系列、《金银岛》、罗伯特·彭斯的诗歌等作品,国内读者无论老幼可能都会有所了解,甚至对其中一些耳熟能详;说起苏格兰,大家也会自然想到它峻美的高地、昂扬的风笛和别致的格子裙,当然还有近年来沸沸扬扬的独立公投等政治历史事件，但要说起苏格兰文学，人们则不免要发出疑问：面积不足8万平方公里的苏格兰有自己的文学吗，它不就是英国文学吗？T.S.艾略特在1919年还以"有过苏格兰文学吗"为题写过评论，令人更加怀疑苏格兰文学单独存在的合法性。质疑依然存在着，但人们也渐渐看到，文学成就未必与地域面积形成正比关系；苏格兰文学自带传统和历史感，也并不完全等同于英国文学。沃尔特·司各特、罗伯特·彭斯和托比亚斯·斯摩莱特等等为众人熟知的作家的苏格兰身份和写作的苏格兰属性日渐得到研究者的关注，现当代苏格兰作家穆丽尔·斯帕克、埃德温·摩根、詹尼斯·加洛韦的创作也是风生水起、引人瞩目，这些都加强了苏格兰文学的整体影响力，而苏格兰文学研究的学科建设也在二十世纪六十年代在格拉斯哥大学始见端倪。

苏格兰文学以其独特的文学文化特性在国际上日益受到关注和重视，在我国，它作为单独的文学现象近年来也开始受到研究者的重视，南京师范大学为此还建立了苏格兰研究中心以推动相关研究。但是，"苏格兰文学"仍然属于小众化和边缘化的概念，在出版市场上尚未受到广泛的认可和推广。因此,刚看到这个邮件时,我们有些犹豫,但同时也感到仅仅在学术圈内发表文章探讨苏格兰文学影响有限,有必要向更多的读者们推介相关的作品和研究成果,为研究者提供基础性的研究文献。如此,翻译推介苏格兰文学研究会出版的《苏格兰文学笔记》丛书也许就是个很好的开端。这是一项开创性的工作,如果成功,它将会是国内首套译介苏格兰文学评论的丛书。果然万事开头难,我们与出版社的联系远非一蹴而就,在几近放弃时,南京大学出版社伸出了合作的橄榄枝,由此自2018年12月底正式开始了三方合作翻译出版该丛书的工作,并组建了由中外苏格兰文学研究学者构成的编辑委员会。

原丛书的出版者苏格兰文学研究会"以促进研究、教授和创作苏格兰文学,深入研究苏格兰语言为宗旨",《苏格兰文学笔记》正是基于这一宗旨而编写发行的导读性丛书。该丛书从首册出版至2019年4月,已经有39册面世,涉及的作家作品跨越不同的时期,代表了苏格兰文学在相应时期的成就。这些作家作品是对苏格兰文学传统继承或创新的典范,其中有闻名遐迩的大作家也有当代的文学新锐。在策划编译的过程中,为了增进国内读者对苏格兰文学的熟悉感和亲切感,我们从已有的《苏格兰文学笔记》中精选了五册,其内容皆与苏格兰经典作家和文学样式相关:罗伯特·路易斯·史蒂文森、罗伯特·彭斯、穆丽尔·斯帕克、埃德温·摩根,以及苏格兰民谣,为此这五册书也获得了一个新的丛书名称:《苏格兰文学经典导读》。也许仅仅五册令人感觉难以反映苏格兰文学全貌,不过,这五册选篇的时间跨度较大,从古至今的苏格兰文学创作在其中皆有代表,兼具了历史感与时代感。《苏格兰民谣》引介的是苏格兰民族传统的文学形式,其源头可以追溯到中世纪,流传至今经久不息;彭斯代表了十八世纪的苏格兰文学,史蒂文森则为十九世纪的文学名家,埃德温·摩根和穆丽尔·斯帕克更成为现当代苏格兰文学的翘楚。该丛书并不仅对导读的对象进行基础性的介绍,而且基于苏格兰文学的发展,评析相关作品和文学现象,有着各自的批评视角和研究观点。

五册导读章目简明清晰,内容深入浅出。它们根据研讨对象的时代背景和创作个性,既进行微观的作家作品简述,也展开宏观的历史文化背景梳理,既有剥丝抽茧的作品个案分析,也有高屋建瓴的创造性纵论,突出了导读对象在文学史上的地位及其创作成果的文艺美学价值。它们评介的视角关注作家作品的苏格兰性,将他们当作苏格兰文学不可或缺的一部分进行阐释与评述,同时也细致地论述了作品的特色与生命力所在,揭示他们对人性及社会的普遍关注,很好地展示出苏格兰文学的艺术性和人文关怀,为我们了解苏格兰文学的传统与发展、认知苏格兰文学的文学性、社会性和国际性提供了很有价值的参考。

《苏格兰文学经典导读》的原作皆由教学经验丰富的苏格兰文学研究专家执笔,他们的评述通俗易懂又富有学术含量。本译丛的译者也皆为高校教师,在文学研究及翻译实践方面经验丰富。值得一提的是,丛书内容的一个特色增加了翻译的难度——文学作品中的苏格兰方言。为确保翻译的准确性,译者们在翻译过程中或向专家求教或细读字典辨析语义,于仔细推敲中运思译文,并补充了大量知识性注释,相信译者的努力会使得这套导读更加具有研究性与可读性。

为译丛开启契机的学术研讨会因为突发的新冠疫情延期了,而译丛最终得以付梓,实属不易,需要特别感谢各方面的支持:感谢英国苏格兰文学研究会免费提供五册导读的版权,感谢南京师范大学外国语学院赞助出版经费,尤其感谢南京大学出版社董颖女士,她不仅从始至终参与译丛的策划,在联系融通合作各方促进译丛顺利付梓方面也付出了很多的辛劳。特别是在疫情爆发阶段,她和她的同仁也没有放松该译丛的编审工作。最后,也要感谢此时手捧此书的您,《苏格兰文学经典导读》的编译团队感谢您的阅读,也期待着您的指正。

吕洪灵
2020 年夏于南京

目 录

版本说明 ……………………………… 1
致谢 …………………………………… 2
引用说明 ……………………………… 4

绪论 …………………………………… 1
　国际/民族诗人 ……………………… 1
　主要的主题 ………………………… 4
　苏格兰桂冠诗人 …………………… 12
诗人生平 ……………………………… 15
　成长经历 …………………………… 15
　投身战场 …………………………… 21
　回归格拉斯哥 ……………………… 25

诗人之抉择 ········· 31
主题之变化 ········· 31
图像诗 ········· 37
《第二次生命》 ········· 48
《耶稣受难节》及其他格拉斯哥诗歌 ········· 55
爱情诗 ········· 71
科幻诗 ········· 75

收获与失去 ········· 87
二十世纪七十年代的诗歌 ········· 87
《傻瓜相机诗》 ········· 90
《从格拉斯哥到土星》 ········· 96
《土狼》和其他的动物诗 ········· 99
《到土星》 ········· 105
《从格拉斯哥》 ········· 108
《新的 Divan》 ········· 115
《冬天》和其他的结尾 ········· 124
《星门》 ········· 130

面向一个与众不同的苏格兰 ········· 134
二十世纪八十年代的诗歌 ········· 134

《苏格兰十四行诗》 …………………… 144
《石板》与其他十四行诗 …………………… 146
《从录像盒》 …………………… 155
《关于变化的主题》 …………………… 158

翻译作品：有关诗歌主题的变体 …………………… 163
  翻译的某些功能 …………………… 166
  诗歌翻译的理论 …………………… 174

戏剧诗与诗剧 …………………… 178
  九十年代的诗歌 …………………… 178
  舞台上的诗歌 …………………… 182
  新世纪的诗歌 …………………… 186
  两位民族诗人？ …………………… 189

进一步阅读资料 …………………… 192

版本说明

本书替代了之前出版的《千面诗人埃德温·摩根》第一版,该版本由格迪斯·汤姆森(Geddes Thomson,1939—2002)撰写,涵盖了埃德温·摩根至1986年的作品。汤姆森先生的版本简洁明白,准确清晰,堪称范本,为不同年龄段的学生了解、熟悉埃德温·摩根的诗作提供了非常宝贵的帮助。在此,苏格兰文学研究会特向格迪斯·汤姆森表示敬意!

致 谢

首先,感谢苏格兰文学研究会教育委员会(the Education Committee for the Association of Scottish Literary Studies)的信任,将撰写此书的任务委托于本人。其次,对罗纳德·伦顿(Ronald Renton)和洛娜·史密斯(Lorna Smith)两位编辑所给予的指导深表谢意。此外,特别鸣谢卡尔卡内特出版社(Carcanet Press)的迈克尔·施密特(Michael Schmidt)、马里斯卡特出版社(Mariscat)的哈米什·怀特(Hamish Whyte)概允本人从上述出版社首次出版的诗歌选集中引用一些诗歌,也要感谢负责处理埃德温·摩根文学事务的埃德温·摩根基金会(the Edwin Morgan Trust)慷慨授权本人引用部分诗歌。最后,格拉斯哥

致 谢

大学图书馆特藏部收藏有埃德温·摩根所发表的文章,特藏部的职员在本书撰写过程中提供了大量的研究支持,特表感谢。

引用说明

本书中所引用的诗歌出自埃德温·摩根《诗作新辑》(*New Selected Poems*, Carcanet Press, 2000),大部分的页码指的是该版本中的页码。在提到其他的诗歌时,会给出相应的诗歌集的完整名称。在本书的"进一步阅读资料"中,提供了有关诗歌的出版细节、其他的版本及电子资源等信息,本书末尾还附有书中所探讨的诗歌标题的索引。

绪 论

国际/民族诗人

埃德温·摩根(1920—2010)的诗作清晰明白,同时亦复杂深沉。其清晰之处源于他聚焦生活的方式,即便当其诗作看起来仅仅是有智慧或是有趣味。他不断对旧有的形式进行变革,创造新的形式,以回应他身处的这个巨变的现代社会。他期待自己的读者能以近乎科学家的视角来看待这个世界:探讨我们周遭正在发生的事情,权衡人类行为的范围,在我们的想象中去倾听不同的声音与观点——从所有这一切的点点滴滴中去学习"人之为人"意味着什么。因此,他的诗作所涉范围甚广,而正是这一点让他的诗作既趣味盎然，又难以把握。本书的标题定为《埃德温·摩根之诗作》①，我们是否可以将他翻译的诗作、创作的诗剧，甚至他的诗歌评论排除在外呢？

如果我们仅仅将目光聚焦于他作为苏格兰诗人及首位民族诗人，可能会简单很多。这种做法的确行之有效，但我们必须记住，尽管他深爱苏格兰，却从不满足于狭窄的边界之内。他总是希望苏格兰人能跳出他们所熟悉的观念，自信地去寻求其他的可能性，去看看不同时空的世界。他孜孜不倦地翻译了十几种语言的作品，这正是他观照外部世界精神的体现。2004年，位于爱丁堡皇家大道的苏格兰议会超级现代化的大楼揭幕，就在仪式开始不久前，苏格兰的劳工党政府授予了埃德温·摩根"苏格兰桂冠诗人"(The Scots Makar)的称号。尽管他乐于接受这样一个民族性的角色，但对于将"makar"这个中世纪的苏格兰词语用于诗人身上，还是有些疑虑("makar"一词的意

---

① 该书的英文版本名称为 *The Poetry of Edwin Morgan*，国内版本译名改为《千面诗人埃德温·摩根》。

绪 论

义仅仅为"诗歌的创作者"),因为它似乎有些"向后看"。即便在 84 岁高龄,他依然喜欢"向前看",认为"桂冠诗人"的角色便是在这一"向前看"的旅途中提供一种指导性的声音。很多时候,当他的诗作的的确确反映了过去的某个意象时,比如他的《苏格兰十四行诗集》(*Sonnets from Scotland*, 1984),它仅仅是时间旅途的一部分,揭示了我们今天所称为"苏格兰"的这片土地上,过去的时光以及想象中的未来岁月里新奇的、令人吃惊的生活印记。

因此,要对这样无拘无束、丰富多样、回应社会的诗作进行总结,自然并非易事。或许,参考他于八十高龄时自己所选、出版于 2000 年的《诗作新辑》(*New Selected Poems*)会有所帮助。诗集中收录的是他认为最能代表自己的作品——那些他自己最喜爱的以及诗歌朗诵会上听众反响最好的诗歌。他经常会表演自己的作品,判断听众的反应是其中的一部分。2000 年后,在他生命的最后十年,他又出版了四本诗集和两本译著。这些作品也不应被遗忘。

主要的主题

在梳理涵盖范围如此之广的作品时，我们可以将主题作为参考。摩根作品中的其中一个主题是格拉斯哥(Glasgow)。这是诗人出身的城市，也是他漫长的人生中度过了大部分岁月的地方。然而，这一真实的城市同时亦是"每个城市"。在某些方面，它犹如纽约，生机勃勃而又躁动不安，处于不断的重建之中。另外一方面，它同时又是一个后工业的场景——暴力、失业、尊严丧失，仅能借由讽刺性的幽默与拒绝被轻视来获得救赎。同时，它又是"克莱德格勒"(Clydegrad)①，闪耀着特别的、正义的社会主义未来之光，"高楼大厦反射着太阳的光辉"(mile-high buildings flashed)。格拉斯哥是一个神秘莫测的变幻之城，一

---

① Clydegrad：这是摩根创造的一个词语。"Clyde"是苏格兰的第三大河流，流经格拉斯哥。"grad"是苏联一些城市名称的结尾，如 Leningrad(列宁格勒)，含有"社会主义"之意。

绪 论

个"变色龙"之城。只要我们密切关注,敞开心胸,便可从中汲取诸多教训。在格拉斯哥这样一个偌大的工业之城,摩根所学到的一件事是对机器不怀疑、不鄙视。在这一点上,他与其他一些早期的诗人不同。相反,他崇尚科技,视之为人类高超技艺与聪明才智的见证。都市生活的方方面面是芸芸众生必须要面对的日常,诗人和我们分享了这一日常生活的点点滴滴。

政治是摩根作品中的另一个主题。这里的政治,是它广义的概念,包括了创建国家和个人身份的那些信仰与决策以及那些决定区域经济与分享资源的信仰与决策。最终,政治所表达的是人们认为值得去争取的东西。他的人生阅历极为丰富:二十世纪三十年代的经济大萧条,第二次世界大战期间曾在皇家军队医疗团服役,冷战,冷战后社会主义阵营与资本主义阵营之间的原子军备竞赛,以及二十世纪六十年代社会价值观与性政治的调整。与他的苏格兰同胞一样,摩根经历了二十世纪最后几十年政治与经济的危机。因此,我们可以发现,在他的写作中,基督教与共产主义同时成为不同人们信仰的塑造者,诗歌变成了他质疑事物存在的一种方式。

爱是摩根作品中另外一个中心主题。他的爱情诗常常直入人心、极富感染力，营造出一种脆弱与温柔之感。作为一名同性恋，在同性恋行为尚未合法之前(1967年，同性恋在英格兰合法化，但直到1980年在苏格兰才合法化)，他的爱情诗中，要么对性别作模糊化处理，要么对语言适度编码。他认为，人之爱就是爱，无关乎性取向。他的这一观点为读者所接受，他们总是以自己的亲密关系来对这些爱情诗歌做出回应。同样，他的诗作所表达的情感范围也非常复杂。其中令人印象深刻的是亲密的、稍纵即逝的时光，这对于任何一个曾坠入爱河的人来说，都会感同身受。然而，这一故事中相伴的肉欲、过错与失落也同样体现在他的诗作中。

前面段落里最后一句话中的"故事"一词，也提醒我们，摩根常常将自己描绘成一个"讲故事的人"。因此，叙事性是他作品的另外一个重要特征。当然，故事讲述的方式多种多样。有时，是一个生命的故事，如《奇科瓦里》("Cinquevalli")所讲述的是一个名叫奇科瓦里的出色的杂技师兼变戏法者的事业与死亡。摩根经常以电影的方式来创作小说,通过并置的意象与多维度的视角来讲述故事,如在《斯托布赫尔医院》("Stobhill")一诗中有关流产的描述。随着时间的推移,所有人都会改变,但在他的叙事性的科幻诗歌中,时光旅行者在与从前的人们相遇后,态度发生了永久的改变,如《阿恩海姆的领域》("From the Domain of Arnheim")[1]和《盾牌座星云》("In Sobieski's Shield")[2]。为爵士表演而创作的《行星浪潮》("Planet Wave")组诗的最后一部分,它本身就是有关时光的故事,从宇宙的起源,生命的诞生一直到不断去探索的太空边界。

语言,或曰一系列的语言及编码,在他的作品中至关重要。摩根是一个拥有多种声音的诗人。成为

---

[1] The Domain of Arnheim:是美国作家爱伦·坡(Edgar Allan Poe,1809—1849)于1847年出版的短篇小说。摩根的同名诗歌初版于1968年。

[2] 盾牌座星云:是天空中第五小的星座,以纪念波兰国王约翰三世·索比斯基(John III Sobieski)。

一个像诺曼·马切格（Norman MacCaig）[1]或谢默斯·希尼（Seamus Heaney）[2]那样典型的抒情诗人，并非摩根所愿。相反，出现在读者面前的是多个"自我"：电脑会说话，或者苹果、怪物、半人马、水星、圣高隆（St Columba）[3]、莎士比亚、基督、公交车上的醉汉等等都会说话。他的翻译作品亦会尝试不同的声音与个性——俄语、匈牙利语、意大利语、德语、古英语、法语及苏格兰语。他在二十世纪九十年代创作的诗剧又进一步拓展了这一做法。在摩根翻译的法国作家让·拉辛（Jean Racine, 1639—1699）的经典悲剧《费德拉》（*Phèdre*）中，他让剧中人物说起了苏格兰语。

摩根将口头语言与书写符号之间的界限探索到

---

[1] Norman MacCaig（1910—1996）：生于爱丁堡，英国诗人。先后出版过十多部诗集。

[2] Seamus Heaney（1939—2013）：爱尔兰诗人、剧作家及翻译家。1995年获得诺贝尔文学奖。

[3] St Columba（521—597）：生于爱尔兰，是著名的爱尔兰盖尔族天主教僧侣与修道院院长。圣高隆将基督教传播到皮克特人之中，是将天主教传入苏格兰及爱尔兰的先驱。今天他被人们铭记为天主教徒和爱尔兰的十二使徒之一。

绪 论

了极致。他的"声音诗歌"在节奏、音调、字母与单词的组合以及理解的出现和衰变等方面进行了尝试。这种对声音的实验是英国二十世纪六十年代以后国际先锋派诗歌(avant-garde poetry)中的一部分。然而,更早的时候,摩根在不同的文学流派中就已经接触到了这种方式,比如第一次世界大战时期二十世纪初俄国未来主义文学(Futurist Literature)中的"超越诗歌"(Zaum Poetry)①对声音的实验,以及由于战争的创伤在瑞士、德国及法国等欧洲国家出现的达达派(Dadaist)②诗人所创作的虚无主义诗歌中。他具有国际视野,熟知欧洲和斯拉夫语言,这使得他有机会接触到这样的诗歌,这对狭义上的苏格兰诗歌构成了

---

① Zaum(俄文:заумь),俄国未来主义诗人克鲁乔内赫(Kruchenykh)在1913年创造的一个词,由俄文的介词"за"("超越")和名词"умь"("思想,常识")构成,英译为"transreason"或"transration"。

② Dadaist:兴起于一战时期的苏黎世,是一场涉及文学(主要是诗歌)、视觉艺术和美术设计等领域的文艺运动。达达主义运动的大部分参与者都深受虚无主义观点的影响,认为人类创造的一切都无实际价值,其理念反映了第一次世界大战对许多人旧价值观的颠覆。

巨大挑战。因此,《尼斯湖怪兽之歌》("The Loch Ness Monster's Song")这首诗不仅仅是一首本地诗,而是更为广阔的探索声音与意义的实验运动的一部分。

这样的艺术运动与现代绘画亦有关联,比如"图像诗"(二十世纪五十年代末期后在巴西和瑞士获得发展)则从声音的另一个极端,即作为符号与图案的单词和字母进行尝试,探讨它们在纸张、海报、墙壁或雕塑上的视觉图画层面。图像诗人想要将语言从虚假的修辞与自我表达中解放出来,让诗歌以一种更为纯粹的方式回归眼睛与大脑。图像诗人旨在让人们更多地关注和思考词语如何移动以及意义如何产生。图像诗歌有多种类型,但摩根的"图像诗"之所以引人注目,不仅仅是因为其中所包含的智慧,而且是因为他将"图像诗"作为探索政治或宗教的一种方式,比如,以南非的种族屠杀为基础而创作的《沙佩维尔》①

---

① Sharpeville:沙佩维尔是南非的一个镇。1960 年 3 月 21 日,在南非当局通过《通行证法》(pass laws)后,有 5 000 至 7 000 人前往沙佩维尔的警察局,南非警察朝人群开火,造成 69 人死亡。

("Sharpeville")以及《信息理解了》("Message Clear")①。

值得注意的是,在二十世纪六十年代,摩根受到了来自更为主流的苏格兰诗人的批判,他们认为摩根所创作的"图像诗"没有太大的价值。对此,摩根自己的观点是:忽视或者敌视如此蓬勃发展的国际运动,对于苏格兰诗歌的健康发展是致命的。不同类型的诗歌都可以创作,也应该被创作。他痛恨那种狭隘的规约性或保守性的方式,认为它会对苏格兰社会产生不良影响。在这方面,他将自己与那些更为年轻的、更具实验性的诗人联系在一起。然而,也正是在此时,他开始创作一些更容易为大众所接受的诗作:有关格拉斯哥的市井生活及其生活在这片土地的人们,这些诗歌为他赢得了更多的年轻读者。

---

① Message Clear:是无线电领域的行话,意为对方所说的话已经理解了。

千面诗人埃德温·摩根

苏格兰桂冠诗人

从上面的简介中,我们或许不难看出为何摩根会是"苏格兰桂冠诗人"或"民族诗人"当仁不让的候选人。作品所涉范围之广,读者年龄跨度之大,没有任何一个诗人可与之相提并论。那么在摩根心中,什么样的作品才堪称桂冠诗人之作?2009年,英国皇家文学学会(Royal Society of Literature)①曾邀请摩根对"英国桂冠诗人"的角色进行评价。在现代社会中,桂冠诗人是否还有其实际作用?尽管他对这个古老的称呼持保留意见,他认为桂冠诗人的的确确还是有其功用:

> 我们的确需要这样的一个人,来为我们的国家吹响号角,又或是在必要之时,发出警告之声,

---

① Royal Society of Literature:1820年由英国国王乔治四世成立,用于"奖励文学价值和激励文学人才"。

绪 论

[……]桂冠诗人代表了某种权威,当然,绝对不会囿于任何狭隘的政党所宣称的真实。

摩根具有外部视角,比如,他谈论过十九世纪一位年青的匈牙利诗人桑多尔·裴多菲(Sándor Petőfi)①,他的"国民歌"(National Song)在匈牙利摆脱奥地利和俄国统治之时,发挥了巨大影响。问题的重点是——诗歌,在国家或桂冠层面,"应该提醒人们,如果想要在世界上占据一席之地,或被严肃对待,就需要向世界展示其立场。当然,那些最能清楚说明这一点的一定是优秀的作家,包括诗人。"

那时,摩根已青春不再,却依然继续探索着年轻人可以取得的成就。在我们通过摩根多元化的(警告、讲道、探索、怀念及庆祝)诗歌来探讨他个人所取得的成就之前,有必要简单回顾一下他早年的生活。

---

① Sándor Petőfi(1823—1849):匈牙利爱国诗人和自由主义革命者。匈牙利民族文学的奠基人,1848年匈牙利革命的重要人物之一。同时他还是匈牙利著名的爱国歌曲"国民歌"的作者。

那时，他的这些成就常常看起来似乎不可企及。他在苏格兰的拉瑟格伦镇（Rutherglen）和格拉斯哥长大，这一经历所涉及的方方面面，常常出现在他后来的写作中。接下来，我们可以从他的某些诗歌、诗歌选集、翻译及戏剧作品来探讨我们前面已经提到过的那些主题——都市生活、政治观念、爱情、语言、时间与叙事等等。

诗人生平

成长经历

埃德温·摩根生于1920年4月27日,为家中独子,成长过程中伴随着孤独,或许还有些许"特殊"。他出生在格拉斯哥的西区(West End),在那儿的富人区(Pollokshields)一直生活到九岁。随后,全家搬到了房价更便宜的拉瑟格伦镇附近的伯恩赛德(Burnside)。当时正值经济大萧条时期,像其他地方一样,苏格兰工业衰退,贫穷、失业随处可见。这对他父亲的工作产生了一些影响,并非是因为他的家庭特别穷困。有些网页显示他父亲的职业是"废金属经销商",事实上,他是一名主管会计,任职于一家颇具规模的负责船只拆除和金属回收的"阿诺特·杨公司"（Arnott, Young and Company）。该公司在克莱德河畔的邓米尔（Dalmuir）和艾尔郡（Ayrshire）海岸的特伦镇（Troon）设有船厂，还在比特岛（island of Bute）①拥有深水设施。这家公司由摩根的外公成立，当时，他最先涉足的是拉纳克郡（Lanarkshire）②新兴的炼钢业，随后，他在回收原材料方面看到了商机。摩根的母亲在婚前也在她父亲的这家公司工作，担任秘书。

孩提时代，摩根热爱大海与船只，而其家族公司所经营的是拆除船只的工作，这与他对海上自由自在航行的渴望，形成了强烈的对比。探险与奇幻的书籍，包括科幻小说，让他得以逃离日常的生活；然而，强烈的好奇心与聪明才智又让他广泛涉猎：提供基本知识的科学与探险杂志、集邮以及将科学、动物学和

---

① island of Bute：位于大西洋的苏格兰岛屿。

② Lanarkshire：苏格兰中部低地的一个历史行政区划，曾是苏格兰人口最为密集的地区。1975年，苏格兰实施行政区划重划，拉纳克郡被废除。拉纳克郡有丰富的煤炭资源，但现在煤矿已关闭。

考古学发展有关的有趣的事实与图片制作成剪贴簿。对于一个成长于二十世纪三十年代,较为富裕的家庭中的十几岁的孩子而言,这是一个让人兴奋的科技时代:喷气推进器、原子研究、射电天文学、柯达胶片以及电视。同时,他对文字也充满了兴趣,尤其是那些不同寻常的文字和外国文字。

他的父母是商人,都很聪明,但对书本却毫无兴趣。他们保守、严格,有宗教信仰,对儿子的道德教育十分谨慎。他们没有什么学术背景,对于摩根最后选择在格拉斯哥大学教授英语文学这一决定,颇为失望。他们希望摩根能在银行或是商业部门有一个更为"稳定"的工作。摩根在成长过程中,面对批评,总感觉有些紧张。不过,从父母身上,他学到了他们的职业道德、坚韧不拔、独立自强以及对精确与成就的关注。

从他父亲家族来看,存在好几个有影响的因素。其一,父亲耳聋,而儿子对语言又如此敏锐,这就使得他们之间的沟通变得有些困难。接受父亲的这种不幸,或许也是他的诗作中,关注词语的声音以及沟通失败的原因。摩根的爷爷来自一个非工业的背景:他是法夫(Fife)①的"丝绸商人",从事纺织品贸易。摩根很喜欢"丝绸商人"这一称呼,因为其中暗含了异国情调与长途跋涉。因此,他的家族遗产中既包括了重工业,也包括了他想象的东方世界。他十几岁时,家人曾谈及,想让他去格拉斯哥的邓普顿(Templeton)地毯厂设计部做学徒,因为他擅长艺术(尽管有轻微色盲)和制图。他修读了高等艺术课程,甚或就读过艺术学校,但最终,语言和文学占了上风。

艺术的这一面与对科技的崇尚结合在了一起。父亲对炼钢业和船用发动机栩栩如生的描绘,让摩根对格拉斯哥这个现代化的工业城市欣赏有加。他的这种看法和一些现代主义诗人,如 T. S. 艾略特(T. S. Eliot)②对

---

① Fife:英国苏格兰 32 个一级行政区之一,是人口仅次于格拉斯哥和爱丁堡的第三大地方政府区划。地形主要是一个半岛。"经济学之父"亚当·斯密(Adam Smith)就出生于此。

② T. S. Eliot(1888—1965):美国、英国诗人、评论家、剧作家。1948 年,获得诺贝尔文学奖。

城市的灰暗的看法,形成了对照。格拉斯哥是重工业的心脏地带,体力劳动者众多,灰尘扑扑,危险四伏。尽管如此,对摩根来说,它依然十分强大、独一无二,即便是当古老的工业衰退,城市也随着贫民窟拆除与道路建设开始变化之时。他敏锐地意识到经济大萧条对格拉斯哥人们的工作环境产生了影响,在政治观念上变得更加社会主义。他不再和父母一起去教堂,父母想让他加入"共济会"(Freemasons)①——一个有用的商业社交组织,他拒绝了。大学一年级时,除了英国和法国文学,摩根还修读了政治经济学,还因此获得了一个奖项。此外,还修读了俄语。在他看来,经济和文学都是有关价值的探求。

那时,格拉斯哥的造船业还是宗派工业,反爱尔兰的情绪很高。他的家族企业永远不会雇用天主教徒。有趣的是,摩根生命中最强烈的恋情是与一个来自拉纳克郡的店员,一个工人阶层的天主教徒,他当

---

① Freemasons:出现于十八世纪的西欧,后来发展成世界组织,成为权贵交流的俱乐部,是一种非宗教性质的兄弟会。

然不会得到在阿诺德·杨公司工作的机会。他们的这段关系始于二十世纪六十年代。早在三十年代,当摩根只有十几岁时,他就意识到,自己对班上的男孩子比对女孩子更感兴趣,这让他十分困惑。那时,人们从来不在公开场合谈论性,也缺乏有关同性恋的书籍可以参阅。父母对他在当地拉瑟格伦中学(Rutherglen Academy)的数学成绩并不满意,让他参加了格拉斯哥高中的奖学金考试。在他乘电车往来学校的途中,他喜欢听乘客的方言,感受其中的幽默,丰富了他父母在家使用的法夫地区和拉纳克郡的苏格兰表达方式。就这样,他变成了一个"双语者"。他在诗歌、翻译及戏剧中自信地使用苏格兰语,来源于他早年的这段经历以及后来他对方言历史词典的研读。

在日常生活中,他不得不伪装自己,不可以公开表达自己的性取向,这或许也造就了他在以后的写作中,得以使用不同的声音和面具人格。1937年,他开始了大学生活,然而,这让他内疚与惶惑。因为,不久,他就发现自己爱上了他的两个同学:聪明、意志坚定的珍·华生(Jean Watson)和共产主义者弗朗克·

梅森（Frank Mason）。

投身战场

从本性上来说，摩根是一个非战主义者，投身战争带给他很多冲突。1939年，当受"国民服务"（National Service）①召唤时，他几乎已是一个坚定的反战者，但最终认为，必须要抗击纳粹德国的邪恶行径。因此，他自愿加入了皇家军队医疗团，成为了一名士兵，但无须上阵杀敌。在苏格兰边界区②（Scottish Borders）接受培训后，他所在的部队从海上绕道南非到达了埃及（当时的地中海区域十分危险），在苏伊士运河附近的一些医院展开工作，随后又到了黎巴嫩和

---

① National Service：是英国强制性或自愿性政府服务的系统，通常是军事服务。"国民服务"一词来源于英国1939年的"国民军法"（National Service Act）。

② Scottish Borders：是英国苏格兰32个一级行政区之一，地处苏格兰与英格兰交接处，发达程度不高。境内地形多丘陵，没有大城镇或工业。

巴勒斯坦。直到1945年,他才得以回到家乡。

在战争中服役的那些年,对摩根来说,是一个完全不同的世界,充满了栩栩如生的印记与各种新的关系,但直到七十年代,他才在自己的诗作中公开谈及这段经历。然而,这段军旅生涯造就了他最早的两部战后著作:《好望角》(*The Cape of Good Hope*)和《贝奥武夫》(*Beowulf*)[①](均出版于1952年)。《贝奥武夫》是古英语史诗的翻译,讲述的是一群战士出发去与怪兽格伦戴尔(Grendel)及其更可怕的母亲展开的殊死搏斗。阅读古英语,对大部分大学生而言,会觉得是一件苦差事儿,但摩根却读得津津有味,不仅为其中语法与拼写的复杂所折服,而且为诗中对生命的大胆探求所倾倒。使用古英语创作的诗人向人们展示的主要是男性的世界:联合、暴力与荣耀。在部队生活中,大学课本都被抛诸脑后,他感觉到自己成了"一帮兄弟"中的一分子,享受着兄弟间的友情与幽

---

① *Beowulf*:完成于约750年左右的英雄叙事长诗,长达3 182行,是以古英语记载的传说中最古老的一篇。

默。他拒绝接受升迁,这样就仍然可以是"一群男孩子中的一个"。

他将自己所翻译的《贝奥武夫》看成是自己"未写的战争诗"(2001新版时他这样描述道),"探讨了冲突与危险、远航与移动以及忠诚与失去等主题"。船队绕经好望角时,一轮满月升起,一个年青士兵的所思所感,呈现在开篇的诗文《未曾说出的话语》("The Unspoken")(p.36)中:

我们所有人都挤在湿漉漉的甲板上,靠着桅杆,勾肩搭背,凝望着非洲裸露的原始的岩石,

汤米·考希开始唱起"曼德勒"①,我们也加入进来

一起沙哑地唱着这首难忘的歌。

----

① Mandalay:曼德勒是缅甸的第二大城市。出生于印度的英国诗人及作家鲁德亚德·吉卜林(Rudyard Kipling, 1865—1936)在1889年参观了曼德勒后创作的一首诗歌。

and we all crowded on to the wet deck, leaning on the rail, our arms on each other's shoulders, gazing at the savage outcrop of great Africa,

And Tommy Cosh started singing 'Mandalay' and we joined in

with our raucous chorus of the unforgettable song [...]

在这首写于六十年代的诗歌中,诗人表达了战时的狂喜,并将这一感受与另外一种感受——自己作为历史进程中的一部分,既兴奋又困惑——进行对比。这种兴奋与困惑来自五十年代,当他听到了从搭载着"莱卡"①(Laika)太空犬的苏联人造卫星上发出的几条信息后。上述这两种个人体验都极其深刻,但与初

---

① Laika:原先是一只在莫斯科街头寻获的雌性流浪狗,于1957年11月3日被苏联以史普尼克(Sputnik)2号人造卫星送入太空。在进入太空数小时后,因中暑而亡。2008年4月11日,俄罗斯官方在莫斯科为莱卡建立了一座纪念碑。

次坠入爱河相比,又没有那么浓烈。这种初恋的感觉或许依然"未曾说出口",却未尝没有诉诸笔端。

在部队服役期间,摩根有过好几次同性恋情,为此还差点上了军事法庭,也险些毁了他与异性恋男人间的友情。在他的诗歌《新的Divan》("The New Divan", 1977)中,留下了对这段生活的回忆。这首诗长达一百节,运用了快速的、不连贯的"阿拉伯"风格(divan是对这类诗歌的阿拉伯语称呼)。在某种程度上来说,摩根在中东的这段经历,尤其当置身于古代文明的考古遗迹中时,恍如生活在有历史记录的时代与史前时代,而古代文明正是从孩提时代起就让他痴迷的领域。这一切和他在沙漠医院中工作的记忆,如作为一名哨兵、担架手或者在手术室中,结合在一起。

回归格拉斯哥

当然,军旅生活,很多时候不过是例行公事。摩根远离前线,主要工作是医院的管理。尽管如此,在地中海的户外,生活了五年之后,再度回到格拉斯哥的文明社会时，他还是感觉有些难以调适。本打算先完成荣誉学位最后一年半的课程，但回来后，却发现自己好像变了一个人。浪漫派诗歌对他来说尤其困难，这与他刚刚离开的部队生活相去甚远。即便如此，他最终还是走入了正常的学习轨道，和更为年轻的同学交上了朋友，并以整个文学院当年第二名的成绩毕业。随后，格拉斯哥英文系给他提供了一个教职，在那儿，他一直工作到1980年退休。他是一位教授，受人尊敬的老师；对于许多新一代的苏格兰诗人，他又是导师。

直到六十年代早期40岁时，他才购买了自己的住所，之前一直居住在父母的房子里。在他人生的艰难时期，父母一直不离不弃，陪伴左右。由于日常教学、评估等工作繁重，他的诗歌创作仅仅限于大学放假期间。更加让人担忧的是，他早期创作的诗歌常常被一些文学杂志拒之门外，这些杂志更喜欢他从古英语、意大利语、俄语及法语所翻译的作品。他翻译了文艺复兴时期意大利和法国的彼特拉克（Petrarch）式的爱情诗，其核心为不可获得的理想的爱情。在这方面，摩根的个人经历颇为丰富：他没有爱人，恋爱关系大都随随便便，通常是和一些工人阶层的男性，有时还伴随着暴力。这种生活方式在他的诗歌《格拉斯哥绿地公园》("Glasgow Green")中描绘得栩栩如生，这首诗后来被视为"同性恋解放"的诉求，当时，这种说法本身甚至还不存在："这些男人将如何生活呢？/上帝啊，看着他们走吧！/看着他们相爱，看着他们逝去！"(And how shall these men live? /Providence, watch them go! /Watch them love and watch them die!, p.31)

五十年代，摩根对于当时的核军备竞赛也深感沮丧。科学被政治扭曲，地球上的一切生命面临毁灭的危险。《诗歌新辑》中收录的第一首诗歌是非常严肃的《危险的诗节》("Stanzas of Jeopardy")。该诗出自他1952年的诗歌选集《上帝愤怒之日》("Dies Irae")。更准确地说，冷战期间与苏联的核军备竞赛，也是人类的自我毁灭。诗人所列出来的每个充满爱的细节——火车轨道侧线、舞者、"在梦中向风儿和星星诉说"的孩童、獾、刺猬、"躺在夏日沙丘里的情侣、游泳

者/犹如突然的火焰,闪烁在海湾——":万事万物

将为那无法忍受的爆炸发狂

在午夜听到世界末日的声响。

Shall craze to an intolerable blast

And hear at midnight the every end of the world.

让这些点点滴滴变得更加个人化的,是摩根对俄罗斯精神的崇拜以及他对俄国尝试建立社会主义社会的支持。这种崇拜是他在翻译那些更具实验性的俄国诗人的作品的过程中发展起来的。他从未加入过共产党,但密切地关注战后苏联的发展。他曾在1955年5月参加了由苏格兰-苏联友谊协会(Scotland-USSR Friendship Society)组织的为期一月的修学游。他震撼于事物单调的外在与人民内心的幸福之间强烈的对照,他惊叹于日日夜夜无休无止的重建。他对弗拉基米尔·马雅可夫斯基(Vladimir Mayakovsky)①诗作中所展现的革命力量予以了回应。他翻译的诗集《苏联诗选》(*Sovpoems*,1961)收录了马雅可夫斯基和其他一些社会主义诗人的作品。这本诗选在很多方面,对摩根来说,都是巨大的突破,也造就他一生中最为多产的一个时代。

摩根最为知名的诗歌,很多都创作于六十年代。因此,是时候将我们关注的目光从他早期的生活,转移到最能揭示生活真正目的与意义的那些诗歌上了。七十年代中期,他给苏格兰诗人罗宾·富尔顿(Robin Fulton)②写了一封鼓励信,信中他描述了在五十年代生活是如何"拖着其黑爪"(dragged its black claws)摧残了他三十几岁时的那段岁月——"就好像被一枪命中"。那段经历,在他四十多岁时,让其生活得以升华。这种令人振奋的力量让其诗歌从六十年代起一路向前,连珠炮似的得到出版——小出版社的小册

---

① Vladimir Mayakovsky(1893—1930):苏联著名诗人,生于格鲁吉亚,早期诗作带有未来主义色彩。1930年4月14日,开枪自杀。

② Robin Fulton(1937—):苏格兰诗人和翻译家。

子、诗歌选集、诗歌特辑、批评文章、编辑的著作及期刊、评论、译作、电影脚本以及他的首部歌剧剧本。

摩根经常在英国及海外举办读诗活动。他对那些具有生机勃勃市井生活的城市都很喜欢,尤其钟爱那不勒斯、纽约、开罗和伊斯坦布尔,但他总会回到格拉斯哥。正如他的诗歌一样,他的人生亦遵循着远航与回归的模式。他创作、任教、生活以及逝去,都在他所熟悉的苏格兰西部那片他出生的地方。这就使得他既能让自己的想象无边无际自由遨游,又能密切关注一个现代化城市的日常生活与所面临的方方面面的压力。

诗人之抉择

主题之变化

翻开《诗作新辑》,我们可能惊异于其中前三首诗歌中的圣经意象。摩根通常不会和宗教联系在一起,不像其他一些诗人,如乔治·麦凯·布朗(George Mackay Brown)[①]。反战诗歌《危险的诗节》("Stanzas of the Jeopardy")以预言性的警示结尾:"哥林多人,你们会收到我的信息"(As you receive these verses, O Corinthians)。似乎是想到核战争所造成的毁灭而

[①] George Mackay Brown (1921—1996):爱尔兰诗人及剧作家,被认为是二十世纪最伟大的苏格兰诗人之一。

痛苦不安,他转向了自己年少时所抛弃的以《圣经》为基础的说教。或许他想告诉人们的是,他的诗作,不论是早期的,抑或后期的,都有极其严肃的意图。与这首诗形成对照的是《圣诞卡之诗》("Verses for a Christmas Card"),该诗以圣诞节作为出发点。然而,关于圣诞节的信息,毫无平凡或熟悉之处:

岁末星夜,漆黑又明亮

卡斯金山漫步

雪片纷纷

旋转着　转旋着

落在苍穹下的头顶

雪飘目眩

This endyir starnacht blach and klar

As I on Cathkin-fells held fahr

A snaepuss fussball showerdown

With nezhny smirl and whirlcome rown

Upon my pollbare underlift,

诗人之抉择

And smazzled all my gays with srift [...]①

这里到底发生了什么？好吧，诗人漫步穿过其父母位于拉瑟格伦镇的家附近的卡斯金山（Cathkin Braes）②森林。林间白雪皑皑，突然，树上的积雪掉落，正好落在他抬起的头上。然而，这也暗示了他在语言方面的艺术雄心，或许也有那么一点点自我炫耀。詹姆斯·乔伊斯（James Joyce）③在他的小说《芬尼根的守

---

① 英文译文：This end-of-year starry night, black and clear/As I on Cathkin hills wandered/A shower of snow came tumbling down/With a spiraling and whirling descent/Upon my bare head under the sky/And smeared and dazzled my gaze with its drift.

② Cathkin Braes：位于苏格兰格拉斯哥市东南部的丘陵地区。

③ James Joyce (1882—1941)：爱尔兰小说家和诗人，意识流的代表人物。出生于爱尔兰的都柏林，逝世于瑞士的苏黎世，安葬在苏黎世的"弗伦特恩公墓"（Fluntern Cemetery）。其代表作有短篇小说集《都柏林人》(*Dubliners*, 1914)、长篇小说《一个青年艺术家的画像》(*A Portrait of the Artist as a Young Man*, 1916)、《尤利西斯》(*Ulysses*, 1922)及《芬尼根的守灵夜》(*Finnegans Wake*, 1939)等。《尤利西斯》是英语意识流文学的奠基之作。

灵夜》(*Finnegans Wake*,1939)①中多层次使用双关语的风格,让摩根大为着迷,就好像他在十几岁时在《菲伯尔现代诗歌选集》(*Faber Book of Modern Verse*,1936)中,第一次读到杰拉尔德·曼利·霍普金斯(Gerard Manley Hopkins,1844—1889)②的诗作,就被他独特新颖的诗歌语言所打动一样。他在这位耶稣会神父身上找到了强大的共鸣:他的孤独、性取向,以及他在十九世纪的利物浦和格拉斯哥教区和后来在都柏林大学的繁重工作。在与文学大师的相伴

---

① Finnegans Wake:这是乔伊斯的最后一部长篇小说,耗时17年才写完。小说融合了神话、民谣及写实情节,大玩文字游戏,使用了大量由各种语言写成的双关语,全书由65种语言组合写成,晦涩难懂,是意识流小说的巅峰之作。乔伊斯自创了"夸克"(Quark)一词,该词后来被物理学家及1969年诺贝尔物理学奖得主默里·盖尔-曼(Murray Gell-Mann,1929—)用来命名一种基本粒子。

② Gerard Manley Hopkins:英国诗人、罗马天主教徒及耶稣会神父。他在创作诗歌时,使用跳韵(sprung rhythm)及意象(image),成为当时传统诗歌中的创新者。自然与宗教是他诗歌的两大主题。

中,年轻的摩根展示了他自己的才华。这首诗收录于在格拉斯哥出版的诗集《卡斯金山的视野》(*The Vision of Cathkin Braes*,1952),上面引用的诗歌中的最后一行中的单词"gays",在当时还没有我们今天所广泛使用的"同性恋"之意。但这本诗集中的其他一些诗歌,比如诗集的名字中所包含的"预言"这首诗,的的确确暗含了卡斯金山的性活动,因而诗人的这一身份也得到彰显。

收录在《诗作新辑》中的另一首诗《信息理解了》(p.12),将宗教的挑战与他所创作的图像诗的独特形式结合在一起:渐显式诗歌(emergent poems)。这种形式的意义源自一句非常强大的有名的语录——也就是《约翰福音》(St John's Gospel)第 11 章第 25 节中耶稣的话语:"复活在我,生命亦在我。"(I am the resurrection and the life.) 该诗从这句话中抽取了一些字母进行重新组合(比如 I am here/ I act/ I run/ I meet/ I stand/ I tie/I am thoth/ I am ra)。这些字母散布开来,沿着每行进行组合,到最后一行各就各位,以完整的形式呈现出来,其所有的意义也得以确定。这种技巧有点像密码分析,要找到隐藏的信息或意义,比如上面所引用的耶稣的话语和古埃及的托特神(Thoth)①和拉神(Ra)②之间的关联。阅读《圣经》中的这句话语,无法一气呵成,存在一定的困难,但同时亦更发人深省。每一个断开的句子是什么意思?他们是否又暗示着耶稣如何理解生命与死亡?

这首诗在发表之初,有些评论家批评说不过是文字游戏而已,然而它的背景暗示了它绝不仅仅是文字游戏。这首诗创作于他从医院回家的巴士上,当时,他的父亲躺在医院的病床上,即将被癌症夺去生命。因而,这首诗也是诗人在探索他父亲所承受的痛苦背后的意义,即将面临的死亡带来的启迪以及其传统的基督教信念的作用。这首诗从笨拙的、断断续续的话语(我们知道他父亲耳聋)中"显现"(emerge),不断变得肯定。人们通常认为,死亡似乎毫无意义,但这

---

① Thoth:托特神,又译为"图特""透特"。古埃及神话中的智慧之神,同时也是月亮、数学、医药之神,埃及象形文字的发明者,众神的文书。

② Ra:拉神,古埃及神话中的太阳神。

诗肯定了生命的力量，勇于质疑的力量，在《约翰福音》中耶稣令人着迷的能量，让他认识到了一个更为丰满的耶稣的形象。

在《诗作新辑》中，摩根首先选了三首风格迥异的关于宗教主题的诗歌，或许他是想让读者对后面诗作多种多样的风格有一个心理准备。对于这位诗人，我们不应该期待一个单一的视角。相反，同样的话题，可以从不同的角度进行探讨。摩根的诗作，就如同人性一样，多种多样。

图像诗

《信息理解了》是摩根写于1966至1969年期间一系列图像诗的第一首。摩根对图像诗运动兴趣浓厚，因为图像诗新颖前卫、国际化，同时又是对智力的挑战。作为一名教授传统意义上的英语和苏格兰诗歌的老师，他对图像诗运动中所出现的理论性的写作十分感兴趣，尤其是巴西圣保罗的哈罗德·德·坎波斯和奥古斯托·德·坎波斯兄弟（Haroldo and Augusto de

Campos)①及瑞士的尤金·贡林格（Eugen Gomringer)②。他经常发表演讲，用幻灯片来分析在阅读过程中，尤其在面对这样一些新奇文本时，我们的眼睛和大脑发生了什么。英国图像诗诗人中，最具国际影响的是摩根和伊恩·汉密尔顿·芬拉（Ian Hamilton Finlay)③。这两位来自苏格兰的诗人与其他的一些艺术家和作家有关联，他们都对探索意象、声音和意义之间的关联，以及探求词语、雕塑和动态艺术（kinetic art)④之

---

① Haroldo de Campos（1929—2003）：巴西诗人、文学评论家及翻译家。Augusto de Campos（1931— ）：巴西诗人、翻译家、音乐评论家及视觉艺术家。兄弟二人在1952年创办了文学杂志"诺伊甘德勒斯"（Noigandres，1952—1962），并发起了图像诗运动。

② Eugen Gomringer（1925— ）：出生于玻利维亚的瑞士诗人，图像诗歌的创始人之一。

③ Ian Hamilton Finlay（1925—2006）：苏格兰诗人、艺术家、园艺家。他将"独行诗"（monostich）发展为"独字诗"（one word）。他将自己创作的一些诗歌印在尼龙布上或是雕刻在石头上。

④ Kinetic art：起源于十九世纪晚期的印象派艺术家，他们最初尝试在画布上强调人物的运动，以增强逼真感。动态艺术可来自任何媒介，包含观众可感知的运动，或者依靠运动产生效果。

间的关系感兴趣。

摩根写作图像诗的方式显示了他对其他问题的关注。比如，《档案》("Archives", p.14)这首诗以"generation upon"这个短语向下排列直到页面的下端，这个短语不断地减少字母，失去连贯性，就如同所记载下来的历史，有时可能是错误的，又或是沦为考古的碎片。因而，这首诗可以看作是诗人对时间的探索。图像诗有时被认为只不过是文字游戏，不足以涉及严肃的政治话题。《星星的原野》("Staryyveldt", p.15)这首诗是关于1960年的南非沙佩维尔的种族屠杀，当时白人警察开枪射杀了69名黑人示威者。这首诗从大屠杀的发生地所在的小镇的名字"Sharpeville"中抽取了"s"和"v"两个字母进行重复，将他们进行组合，形成一些图像，如"尖叫扫射"(shriekvolley)、"跟踪复仇"(spoorvengeance)、"铁铲声音"(spadevoice)等，构成一种愤怒的陈述，在这一过程中，"斗争"(strive)一词变得越来越迫切。诗歌的最后一行全部用大写字母书写："SO: VAEVICTIS"[①]，意思是"为那

---

① VAEVICTIS：拉丁词，意为"悲哉失败者"。

些逝去的人们而哀痛"或"被征服者毫无权利"。但这并不仅仅是对那些死去的非洲人民所唱的一首挽歌；诗中所展现的力量导致了压迫者与被压迫者之间不可避免的反转，曾经的被压迫者已成为胜利者，压迫者的所作所为不会被原谅。

《电脑的首张圣诞卡》("The Computer's First Christmas Card", p. 16) 这首诗则以一种更为欢快的方式，让我们看到了摩根不仅在工程技术方面的兴趣，而且在"信息技术"的潜能方面的兴趣。"信息技术"这个词，在摩根写这首诗时还没发明出来呢，当时的电脑也出奇地笨拙，就好像它跌跌撞撞敲打出来的节日祝福一样。摩根当时是格拉斯哥大学计算机委员会的成员，这一委员会讨论了当时那些新的机器设备对于教学可能产生的影响。但在诗歌上，他最感兴趣的是俄国在机器翻译方面的试验。尽管这些结果并不尽如人意，却也不乏魅力。这首诗将与圣诞节内涵有关却又不同寻常搭配起来的几个词语，模仿电脑二进制的方式，以重复的方式出现：

```
j o l l y m e r r y

h o l l y b e r r y

j o l l y b e r r y

m e r r y j o l l y
```

间隔开的字母看起来像早期计算机中所使用的简单程序的穿孔卡。或许它们只不过是狭窄的电脑打印输出，以错误的单词结尾：MERRYCHR/YSAN-THEMUM。

摩根对于语言及翻译的兴趣也体现在《一条匈牙利蛇的午间小憩》("Siesta of a Hungarian Snake", p.15)：

s sz sz SZ sz SZ sz ZS zs ZS zs zs zs z

匈牙利语语言结构独特，难度较大，是摩根最喜爱的语言之一。这首诗利用了匈牙利语中常见的"sz"字母组合，类似儿童连环画中打盹的人物上方出现的字母。这条蛇就好像在西班牙-美国沙漠中的一条响尾蛇，吃饱了饭后在打盹儿（因此有了标题中的"午间小憩"),这一点可以从诗中大写字母的大小看出来。该诗浑然天成,诗人的独具匠心与浓缩的形式完美相融。

此外,图像诗亦可以表达艺术信条。《打开笼子》("Opening the Cage"①, p.17)以美国作曲家、音乐理论家约翰·凯奇(John Cage)②的一个有14个单词组成的句子作为出发点。凯奇在1952年创作了《4′33″》,探索了环境背景声音中的"静音",在4分33秒的时间内,音乐家们没有弹奏任何音符。摩根以凯奇的这个由14个英文单词组成的句子为基础——"我没什么可说的,我正在说的,这就是诗歌。"(I have nothing to say and I am saying it and that is poetry)

---

① Cage:此处具有双关意义,一指"笼子",二指音乐家John Cage。

② John Cage(1912—1992):美国音乐家、音乐理论家及哲学家。1951年凯奇受邀到哈佛大学体验无回声舱。在完全无声的环境下,他却感受到了一高一低的两种声音。后来,工程师告诉他,这些分别是他的神经系统运转和血液循环的声音。1952年作曲的《4′33″》,是他最有名的作品。全曲共三个乐章,却没有任何一个音符。他对印度和中国等东方哲学兴趣浓厚,尤其是《易经》,经常用它来创作即兴音乐。

(见:他的《关于虚无的演讲》,1949)——做出了14种变体,比如:

> I have to say poetry and is that nothing and am I saying it
> I am and I have poetry to say and is that nothing saying it
> I am nothing and I have poetry to say and that is saying it
> I that am saying poetry have nothing and it is I and to say

等等,一直到最后一种变体:"说诗歌什么也不是,正是在这一点上,我说我是诗歌,我拥有诗歌。"(Saying poetry is nothing and to that I say I am and have it)——这一论断彰显了能力与信心,生动地体现了二十世纪六十年代的乐观主义精神。这里的"我是"(I am)与《信息理解了》中的"我是"相呼应,但更多的是他个人对于艺术的实验。这十四行,在某种程度上,是对传统诗歌,如十四行诗的挑战吗?很显然,他将凯奇原来的句子简化,用了一个副标题"14个词的14种变体"(14 variations of 14 words),将人们的注意力拉到了数字14上。就像凯奇打破了音乐的传统一样,一旦摩根打破了诗歌的传统,他还是会重新回到十四行诗的形式,如1972年出版的《格拉斯哥十四行诗》(*Glasgow Sonnets*)和1984年出版的《苏格兰十四行诗》(*Sonnets from Scotland*)。

二十世纪六十年代是一个社会剧烈变化的时代,许多国家的年轻人对音乐、时尚及政治观念产生了不同的看法,这似乎在昭示经过了保守严肃的五十年代之后,他们身上所发生的巨大觉醒。而摩根的乐观主义可以看作是对这种情绪的一种回应;在个人层面上,这也是对爱情的一种回应。他所选择的图像诗中,包括了一首同时指向披头士(the Beatles)[①]音乐

[①] The Beatles:亦译为"甲壳虫乐队",1960年在英国利物浦(Liverpool)组建的摇滚乐团,成员为约翰·列侬(John Lennon)、保罗·麦卡尼(Paul McCartney)、乔治·哈里森(George Harrison)和林哥·史达(Ringo Starr)。乐队活跃时间为1960—1970年。

和身处爱河的感受的诗歌。该诗的标题《永远的草莓园》("Strawberry Fields Forever",p.13)就来自列侬(John Lennon)和保罗·麦卡尼(Paul McCartney)的同名歌曲。孤立的单词,如"画眉鸟"(my blackie)①、"失去"(losing)、"毛毛细雨"(smirr)②、"画眉鸟的鸣叫"(whistle)和"齐膝深的"(kneedeep),以一种令人费解的方式散列在页面。关于这首诗的背景,摩根在给杰佛瑞·沙梅菲尔德(Geoffrey Summerfield)的信中做出了解释。沙梅菲尔德是一个编辑,曾帮助摩根在非常有影响力的企鹅丛书选集中推广其诗歌。摩根这样解释道:

> 我想象着,一对恋人漫步田野,高高的草上,挂着露珠。他们分开着走,然后又走到一起,当页面上的单词落向页尾时,这意味着大自然神秘

---

① blackie:苏格兰语,对应的英语为"blackbird",画眉鸟。

② smirr:该词来自苏格兰盖尔语(Scottish Gaelic),意为"极细微的雾雨"。

莫测又栩栩如生,正如托马斯·哈代(Hardy)①或劳伦斯(Lawrence)②笔下的世界——露珠、毛毛细雨、狐狸、榛子树、画眉鸟的叫声——我想从这儿,你就可以理解"失去"和"行走"(patter)的意义。当然,他们并不只有一层意义或指称[……]。这,当然,与列侬和麦卡尼那首歌有关联,它一直萦绕在我心头[……]。

图像诗因其对词语操纵的过分迷恋而受到指责,但摩根深知,图像诗可以大有作为,他希望展现其轻盈温情的一面。从上面所举的这些例子中,我们可以看出,图像诗也可以涉及政治、爱情、语言等诸多不同的

---

① Thomas Hardy(1840—1928):英国作家,其长篇小说代表作有《德伯家的苔丝》(*Tess of the d'Urbervilles*,1891)和《无名的裘德》(*Jude the Obscure*,1895)。

② D. H. Lawrence(1885—1930):英国作家,代表作有《儿子与情人》(*Sons and Lovers*,1913)、《虹》(*The Rainbow*,1915)、《恋爱中的女人》(*Women in Love*,1920)和《查泰莱夫人的情人》(*Lady Chatterley's Lover*,1928),其作品因对情感和性爱的直白描绘而曾受到争议。

主题。摩根的图像诗也同样显现了他对工程与科技的热情,他不断尝试,如何将诗歌的不同构成部分,如同设计精良的机器一样,结合在一起——字体的大小与排版等视觉的因素如何与重复、头韵、节奏和韵脚等声音的因素协调起来——创作出清晰明白而又充满魅力的信息。

相对来说,图像诗运动持续的时间并不长,在二十世纪七十年代就因理论或国界的不同而裂分,但摩根却从其实践中汲取了养分,并将之运用到后来他主流的诗集中。比如,在《从格拉斯哥到土星》(*From Glasgow to Saturn*,1973)这本诗集中,有《尼斯湖水怪之歌》("The Loch Ness Monster's Song",p.66)、《水星上的第一批人》("The First Men on Mercury",p.69)和《太空诗3:偏离轨道》("Spacepoem 3:Off Course",p.70);在《新的Divan》(*The New Divan*,1977)中收录了《混合的震教徒》("Shaker ①Shaken",

---

① shaker:震教起源于十八世纪的英格兰,由安·李(Ann Lee,1736—1784)建立,后发展到美国,现已基本消亡。教徒会在集会时集体颤抖身体,以"家庭"方式群居。

p.101),这首诗以美国早期的"说方言"(glossolalia)①或"说其他语言"的宗教实践为基础。我们或许可以说图像诗给摩根提供了一个机会,让他可以说着不同的语言,并且,即便当他已经转移到别的形式上后,他依然将此经验牢记于心。

《第二次生命》(*The Second Life*,1968)

《第二次生命》是摩根具有突破性的一本诗集,由爱丁堡大学出版社出版。摩根是一位才华横溢又十分多产的作家,但他在苏格兰获得广泛认同时,已年近五旬,这不禁有些让人吃惊。此后,又过了五年,他才得以在英格兰奠定自己的地位。这对他而言,是另外一种强烈的隔绝的形式。他的作品风格迥异,没有

---

① glossolalia:意思为"说方言",指的是流畅地说类似话语般的声音,但发出的声音一般无法被人理解。说方言只是暂时性精神状态,常常是宗教活动的一部分,主要用于私下静修操练,目的是为了个人有所造就。因为那说方言的,原不是对人说,乃是对神说,所以从中所得的益处也是个人的。

单一的或辨识度很高的风格，或许，对读者以及出版商来说，都不是一件十分舒服的事儿。当然，他的作品不断得到发表，不过，经常是刊登于期刊上，满足特定读者群的需要：先锋派的实验主义者；东欧诗歌译作的爱好者；同性恋人士；二十世纪五十年代美国"垮掉的一代"的诗歌（Beat poetry）①的爱好者；那些对他的都市关注有所回应的人们。

那时，在苏格兰，出版文学作品的出版商并不多，出版诗集常常会亏本，这样一来，愿意出版诗集的出版商就更少了。也有一些人反对都市的、实验性的，尤其是真正的格拉斯哥市民的写作。当时最具影响力的苏格兰诗人休·麦克迪米德（Hugh MacDiarmid，1892—1978），虽为伟大的诗人和社会主义者，却也无

---

① Beat poetry：由"垮掉的一代"（beat generation）所创作的诗歌。"垮掉的一代"是第二次世界大战后美国的一群作家所开启的文学运动，旨在探索及影响二战后的美国文化和政治。他们在二十世纪五十年代发表了大量作品。其核心理念包含拒绝时下流行话语的价值观，进行精神探索，反对物质主义，试验致幻药物，提倡性解放。

暇顾及劳苦大众、贫穷、格拉斯哥这座苏格兰最大城市肮脏的工业生活又或是其方言。麦克迪米德早期的诗歌中使用了苏格兰低地的方言(有时被称为"综合性的"或"可塑性的"苏格兰方言,因为他将不同时代和地区的词汇融合在一起),这种方言主要以乡村方言为基础。其他的一些苏格兰诗人也仿效了他的这一做法。他不喜欢美国与毒品文化或同性恋有关联的"垮掉的一代"的作家,如艾伦·金斯堡(Allen Ginsberg)[1]、杰克·凯鲁亚克(Jack Kerouac)[2]和威廉·柏洛兹(William Burroughs)[3],以及苏格兰一些前卫作家,如亚历山大·托克奇(Alexander

---

[1] Allen Ginsberg (1926—1997):美国诗人、哲学家。美国二十世纪五十年代垮掉的一代的代表人物之一。

[2] Jack Kerouac (1922—1969):美国小说家、诗人及艺术家。美国二十世纪五十年代垮掉的一代的代表人物之一。

[3] William Burroughs (1914—1997):美国小说家、散文家及社会评论家。美国二十世纪五十年代垮掉的一代的代表人物之一。

Trocchi)①。麦克迪米德和托克奇之间非常著名的公开的争吵发生在1962年8月在爱丁堡国际书节所举办的作家会议上。当时,摩根在讲台上,他不赞同麦克迪米德的观点。摩根所希望的是更为都市化的、更接近人们日常生活中所使用的苏格兰语,以及更加外观式的、国际化的视野。摩根比大部分人更能理解麦克迪米德成就的方方面面,对他早期充满魔力的苏格兰语抒情诗大加赞赏,对他后期的艰深难懂、科学性的诗歌也同样赞赏有加。尽管如此,摩根反对把任何形式的狭隘的传统主义的、内观式的对待语言的方式作为苏格兰身份的象征。

或许正是基于这样的原因,《第二次生命》这本诗集中的头几首诗歌,从风格和内容上,皆为美国式。《老人与海》("The Old Man and the Sea")这首诗谈到了美国小说家厄尼斯特·海明威(Ernest

---

① Alexander Trocchi(1925—1984):苏格兰小说家。终生吸食海洛因成瘾。

Hemingway)①开枪自杀。《玛丽莲·梦露之死》("The Death of Marilyn Monroe")②这首诗则提出了一些有关该演员因服药过量而亡的问题(第20—21页)。这两首诗均以美国的自由体诗形式写就,受到华特·惠特曼(Walt Whitman,1819—1892)③和艾伦·金斯堡的影响。两位诗人都是摩根非常崇拜的作家。这两首诗是对艺术家的挽歌,探索了美国社会与暴力的关系、对英雄人物的评判以及这类人物的毁

---

① Ernest Hemingway(1899—1961):美国作家、记者。1939至1960年,海明威定居古巴,在此期间写下了其代表作《老人与海》。1952年,该书获得"普立兹奖"(Pulitzer Prize);1954年,又为海明威夺得诺贝尔文学奖。他是美国"迷失的一代"(Lost Generation)作家中的代表人物,作品中表现了对人生、世界、社会的迷茫和彷徨。1961年他在自己家中开枪自杀。

② Marilyn Monroe(1926—1962):美国女演员、模特。梦露是二十世纪五十年代最流行的性感象征之一。1962年,因服用过量药物死于家中,终年36岁。虽然其死因被断定为自杀,但在她死后几十年内,仍有许多阴谋论传出。

③ Walt Whitman:美国诗人、散文家、新闻工作者及人文主义者。惠特曼是美国文坛中最伟大的诗人之一,享有"自由诗之父"(the father of free verse)的美誉。

灭等问题。这些诗歌对于人们毫无止境地追求成功所带来的心理和文化的代价,提出了疑问。早期,摩根对一些社会问题,持有非常尖锐的道德标准,但随着自己才华的枯竭,以及不断地运用人道主义的、苏格兰的视角来影响其他文化之后,他的观点变得更为温和。《老人与海》这首诗开头的句子延伸了19行,暗示着一种冷酷无情的方式,犹如死亡般的迷雾,将我们拉到令人绝望的、自杀的那一瞬间。在《玛丽莲·梦露之死》这首诗中,摩根使用了一系列的问号和感叹号,对毁灭了这个"美国之孩"的明星体系进行了质疑。透过美国这两个最为著名的人物,折射了在媒体和艺术中所展现出来的战后美国文化至上主义。

苏格兰也以一种镜像(mirror-image)呈现出来,比如在《苏格兰》("Canedolia")一诗中。该诗的副标题"一个不太像图像诗的苏格兰幻想"(An Off-concrete Scotch Fantasia),或许可以看作以一种调侃的姿态,回应那些主流的、对他的实验性作品持贬低态度的苏格兰诗人们。其实,从某种程度上来说,这是一首声音诗,是一场有趣滑稽的对话,模仿或暗示了来源于盖尔族(Gaelic)、北欧神话(Norse)、安格鲁族(Anglian)及皮尔特族(Pictish)的一些真实的地名。这不仅仅是一首有趣的可以表演的诗歌,而且淋漓尽致地将一种典型的苏格兰式的冲突紧张感展现出来:英国文化中最令人沮丧的一些方面以及经常令人惊叹的美丽。比如"shiskine""scrabster"和"snizort"这些地名中的字母"sh"和"s"可以引发人们对淅淅沥沥的雨声的联想,同时也让人和"crabs"(螃蟹、失败)、"scab"(疥癣)和"snort"(喷鼻息)等这些不太令人愉快的词语联系起来。而另外一些地名则由一些复合词构成,比如"blinkbonny""airgold"和"thundergay"。这些词语则给人一些更为美好的、正面的联想,比如"bonny"(漂亮的),"gold"(金子)和"gay"(快乐的)。当然,"gay"除了"快乐的"这个意思之外,还有"同性恋"之意,暗含了苏格兰这个地方的一些同性恋的活动。其他的一些地名中也有一些性的暗示,如"we foindle and fungle, we bonkle and meigle... and there's aye a bit of tilquhilly."这句诗中的"foindle"、"fungle"和"bonkle"可以让人联想到"fondle"(爱抚)、"fumble"(摸)和"bonk"(做爱)这些与性活动相关的真实的词语。从总体上看,这首诗风趣幽默,充满了嘉年华的氛围,对整个国家和他提到的那些地方,洋溢着赞美之情,诗歌以希哈利恩山这座山峰的名字结尾,似乎是在欢快地祝酒:"希哈利恩山!希哈利恩山!希哈利恩山!"(schiehallion! schiehallion! schiehallion!)

《耶稣受难节》("Good Friday")及其他格拉斯哥诗歌

《第二次生命》这本诗集中收录了一些图像诗及其他的实验性作品,此外,也有一些按主题划分的诗歌,比如格拉斯哥、爱情及科幻小说。有关格拉斯哥的一组诗歌尤其新颖,不仅仅对诗人自己,对读者亦是如此。

在《耶稣受难节》(p.26)这首诗中,诗人将格拉斯哥工人阶层的市民说话的节奏运用其中,这在二十世纪六十年代的诗歌中,比我们今天,更加出其不意。这是在杂耍剧场(variety theatre)或是哑剧(pantomime)中所使用的语言,而不是人们期待在诗歌中读到的语言,尤其是一首题为"耶稣受难节"、以耶稣被钉死在十字架上的时间"三点钟"作为开头的诗歌。然而,这是一个城市的场景,有一个当地人的声音:有巴士线路、街道名称、含糊不清的话语、一个喝醉了酒的男人笨拙的步伐——"这车儿是到"/他啪嗒一下坐下/"顺着巴斯街走的吗?"("D's this go—" / he flops beside me—"right along Bath Street?")当意义,以一种有些笨拙却现实的方式,从一行摇晃到下一行时,开头的几个空行似乎扮演着摇摇晃晃前行的巴士的角色。

不管是摩根自己,还是他的父母,都不开车,所以乘坐电车或巴士出行让他有机会更加接近普通大众的语言和生活。他喜欢格拉斯哥的人们和陌生人展开对话的方式(到访格拉斯哥的游客常常会说到这一点)。他喜欢普通大众所使用的活生生的语言,作为诗人,他对这种语言的措辞及使用有着极为精确的感知,因而,那个醉汉所讲的话,听起来是那么真实。正如我们所见,这也是摩根与麦克迪米德意见相左之处。对于那些更为传统的苏格兰语诗人,《耶稣受难节》这首诗显示了他们身上所欠缺之处。

格拉斯哥普通大众喜欢与他人直接互动,有些人对此表示担忧；格拉斯哥的人们喜欢饮酒，存在宗派之分，有些人对此表示反对。对于这些方面，摩根用同情对人性做出了回应——方向的不确定性（包括实际意义上的和精神意义上的）、承认自己受困于缺乏教育以及对家庭的慷慨无私。讨论宗教及社会阶层差异，在许多情况下，被视为无礼。但在格拉斯哥，这样的话题可以非常直接地提出，并不会遭到反对。这里也有一点可羡慕之处——当诗歌的节奏和空行带着他摇摇晃晃地从巴士的楼梯上走下，在他的目的地下车时，那个男人变成了一个幸存者。摇摇晃晃的双腿，正如最后的几个空行所模仿的那样，并不妨碍他在日常生活中做一个善良的人。他并没有将自己所有的钱都花在喝酒上，他知道自己将去往何处：为他的孙子/女们购买复活节彩蛋（Easter eggs）①。诗人将古老的民间习俗、不确定的宗教意识、或许还有一

---

① Easter eggs：西方国家在庆祝复活节时装饰性的蛋，传统上一般使用经过染色的蛋类，现在多用蛋状的巧克力替代。基督徒以复活蛋比喻"新生命的开始"，象征"耶稣复活"。彩蛋一般事先藏好，由儿童来找寻，是复活节的象征性物品，用以表达友谊、关爱及祝愿。

些社会需求或工人阶层生活的无成就感的政治意义等方面与醉汉的诚实形成对比,而其中熠熠生辉的,便是人的个性。

摩根有关格拉斯哥生活的诗歌,很快不仅仅在格拉斯哥,也在其他城市,闻名遐迩,因为它们通俗易懂,在社会巨变时期,又出现得那么及时。新的道路系统、贫民区的清除、明亮的高楼大厦、家庭从拥挤不堪的城市中心向外扩散,凡此种种,改变了这个曾经被烟雾所污染的格拉斯哥的外貌,焕发了新的希望,尤其是对年轻人。的的确确,在设计方面,犯了一些错误,一些建筑材料最终没能逃过苏格兰天气的检验,被证明不当。而且,原有的生活方式以及社区身份,正在发生不可逆的改变。面对这一切,摩根发现自己也深陷乐观主义与悔恨不安双重情绪的折磨之中。作为艺术家,记录下这种变化,责无旁贷。在《致琼·埃尔德利》("To Joan Eardley"[①], p.25)一诗中,

---

① Joan Eardley(1921—1963):苏格兰画家,她早期的画作主要聚焦于格拉斯哥,尤其是贫民窟的生活,创作了一些格拉斯哥街头儿童的肖像画。后期主要创作的是她居住的渔村和苏格兰东北海岸周边地区的风景画。

他赞扬画家抓住了在格拉斯哥的罗滕若(Rottenrow)①大街上曾经的糖果店拆除后,"一群正在玩耍的孩童的模糊画面"(a blur of children/ at their games):

>如此衣衫褴褛
>
>震撼着我们!
>
>固定了铁镐
>
>和推土机碾碎
>
>的扑扑尘土,
>
>生动的模糊
>
>强烈地保卫着
>
>消失的能量[……]

>Such rags and streaks
>
>that master us!
>
>that fix what the pick

---

① Rottenrow:苏格兰格拉斯哥市著名的街道名称,在二十世纪中叶,随着工业化的进程,曾一度沦为贫民窟。

> and bulldozer have crumbled
>
> to a dingier dust,
>
> the living blur
>
> fiercely guarding
>
> energy that has vanished […]

摩根拥有琼·埃尔德利的四幅画作。画家坚定不移地捕捉城市街道中及海景中那些变化中的"生动的模糊"(living blur)瞬间,展示了在那些地方生活的人们所表现出来的巨大能量,这让摩根十分钦佩。

摩根也履行着他作为一名艺术家,对于记录城市所发生的故事的职责,比如他的诗歌《老大比利》("King Billy", p.29)。该诗记录了格拉斯哥过去由于宗派之争而建立的剃刀帮之间的争斗(razor fights),1962年因其领导人物比利·富勒顿(Billy Fullterton)的死亡,重新回到大众视野。剃刀帮在二十世纪六十年代早期达到高峰,比利·富勒顿所领导的"比利男孩"(Billy Boys)帮的成员有数百之众,其主要目的是在一个有很多天主教人口(主要是有爱尔兰血统的移民)的城市街头维护新教徒的统治地位。摩根十几岁时,这些帮派之间的斗争常常是报纸的头条新闻。他的《老大比利》采用新闻报道的形式,几乎是一个新闻短片的场景:"里德里灰蒙蒙的一片,云层堆积/透过公墓的树木,落下雨滴"(Grey over Riddrie① the clouds piled up, / dragged their rain through the cemetery trees)。诗的第二节以一个长达13行的未完成的句子开头,似乎在播放着葬礼的场面,镜头不时切换回过去的回忆:"话语,混战,刀光剑影,呼叫声/在死胡同身体倒下的血淋淋的场面/扔向天主教邻居窗户的砖头"(the word, the scuffle, the flash, the shout/ bloody crumpling in the close/ bricks for papish windows)。所有这一切都令人震撼。

"老大比利"生前早期和后期的生活片段,以及以前的帮派成员,和着"向前,基督徒士兵"(Onward

---

① Riddrie:是格拉斯哥东北部的一个区。

Christian Soldiers)①赞美诗的调子,恭敬地列队前行。现在这首赞美诗由"橘子笛子乐队"(Orange flute bands)演奏,形成了鲜明的对照。它通常被用来肯定新教工会党的至上的正确性。摩根将生平故事和传说复杂化。在最后的几行,给我们留下了一个挑战:"谴责应该谴责的/然后再去发现其他(Deplore what is to be deplored/ and then find out the rest)"。或许,最为醒目的是红色、白色和蓝色的花圈,上面写着一行金色的字:"致我们三十年前的领袖。"在探索一种可能已经过时的、凄惨的文化时,他表达的感受:更让人觉得凄惨的是苏格兰工人阶层生活的贫穷(包括生活和精神的),他们现在找不到比这个暴力的街头打斗者更好的领袖。在反思另外一个传说时,摩根同样也对媒体一直认为的具有部分真实性的故事提出

---

① Onward Christian Soldiers:十九世纪的英国赞美诗,取自《新约》中提到的基督徒是基督的士兵。这首歌在许多葬礼上演唱过,包括 1969 年 3 月在美国前总统艾森豪威尔的葬礼上。

了疑问:《并非一无是处的城市》(*No Mean City*,1935)①所描绘的格拉斯哥贫民区戈尔巴尔斯(Gorbals)的硬汉和剃刀帮的生活。

《格拉斯哥绿地公园》("Glasgow Green",p.30)是另外一首呼唤更多理解的诗歌。对于这首诗能够出版,他很吃惊。当他发现读者并未完全理解这首诗时,他又再一次感到吃惊。如果读者都理解了,我们就没有讨论这首诗的必要了。这里是另外一个黑暗的格拉斯哥地下世界,也同样充满暴力。这首诗向人们展现了一个挥之不去的场景:黑暗之中,克莱德河畔(River Clyde)②的格拉斯哥绿地公园里黑暗的角

---

① No Mean City:这是一部小说的标题,源自《圣经》。小说由记者金斯利·龙(Kingsley Long)和失业工人亚历山大·麦克阿瑟(Alexander McArthur)所创作。讲述的是格拉斯哥贫民区戈尔巴尔斯(Gorbals)的硬汉和剃刀帮的生活。

② River Clyde:克莱德河是苏格兰境内的主要河流之一,流经格拉斯哥市中心,是苏格兰的第三长河。克莱德河畔是英国重要的旅游区和农业区,入海口附近的造船业十分发达。

落,男同性恋们正在幽会。所有的一切更加令人不安,因为人们所见的只是若隐若现,只能推测到一半——"所有的阴影都充满活力"——重心放在了黑暗处传来的声音:"咳嗽""低语"和"耳语"。尽管是一个蹂躏的场面,却"并没有求救声"(there's no crying for help)。诗人是目击者,甚至是受害者:"汗水/是真真切切的,灌木下的撕扯/亦是真真切切,肮脏的没有星星照耀的河流,是真真切切的克莱德河[……]"(the sweat/ is real, the wrestling under a bush/ is real, the dirty starless rive/ is the real Clyde [...])。

这一切与干干净净的、早晨的家庭生活构成了鲜明的对照。那时,格拉斯哥绿地公园回归到了其主要的作为晾晒场地的功能,拥挤的贫民区的妈妈们纷纷将干净的床单衣服拿到此处晾晒,孩子们则在附近玩耍。摩根决心要为被这样的生活排除在外的人们,就如他自己一样,提供支持。他在基督教的一些意象中,如"身上的刺"(thorn in the flesh)、"荒野"(wilderness)和"水",找到了共鸣。他断言,在这样的地方,也会有收获,如果这样的收获可以获得承认。如果有荒野,那么这片荒野就应该被浇灌、被开垦。床单"在阳光下随风舞动"(blow and whip in the sunlight),但夜晚与白昼的鲜明对照,在提醒着我们,对许多人而言的规范,并不一定适用于每一个人:"婚姻的温床/是欲望之海的岛屿。"(the beds of married love/ are islands in a sea of desire)当夜幕降临,格拉斯哥绿地公园将再次成为不安定之所,男人们就像浮木漂浮于此。

摩根能够用多种情绪来观察他所生活的这座城市,罕见地融合了平心静气的细节与怜悯温柔之感。《在小吃店里》("In the Snack-bar", p.32)就是一个很典型的例子。诗人先向我们描述了一个驼背的盲人男子,"穿着脏兮兮的华达呢①,腰带也没系/ 宛如一头怪兽,困于帐中/在某个故事里"(in his stained beltless gaberdine/ like a monstrous animal caught

---

① gaberdine:1879年由英国著名品牌博柏利(Burberry)的创始人托马斯·博柏利(Thomas Burberry)发明。该布料结实、防水、透气,1888年获得专利,为当时的英国军官设计及制造雨衣。

in a tent/ in some story)。接着,透过他断断续续的话语和需要帮助("给我——你的胳膊——这样更好"),诗人的笔触转向了盲人与他人的接触。当盲人走得更近时,诗人就必须"关注/我的生活对于他的生活:嘎吱嘎吱地咀嚼着糖果,在黑暗笼罩下蹚过滑滑的水坑[……]。"因而,诗人通过其他的感官,学习盲人如何"看"世界。他们之间共同的进步,慢慢地、极有耐心地展开,下楼去卫生间,然后又回来(他在爬楼梯,我们也在爬),诗人意识到了盲人身上"未被击垮的坚持与耐心/而这,正是人之本性"(persisting patience of the undefeated/ which is the nature of man when all is said)。这种坚持,也正是艺术家、科学家或探险家所需要的。他们拥有相同的人类品质,但并不能消除"他的怪异之处/在他如山的外套之下"。诗人深知,这个盲人的生活"依赖于许许多多会避开他的人"(depends on many who would evade him)。或许,这里有一个局外人对于盲人所处的黑暗世界的感同身受:"然而他必须信任他们。"诗歌的结尾展现了一种复杂的、含混的情感:对盲人命运的同情与恐惧、对盲人突破自己身体局限而向前的勇气的钦佩。诗歌的最后一行——"亲爱的耶稣,为此而生!"——是祈祷,是反思,还是咒语?

摩根热爱格拉斯哥的多面性。那些灰暗的情绪,可以很快被人们所散发的活力所抵消。《三重奏》("Trio",p.34)就是一个完美的例子,以某个寒冷冬日为背景,这样的时刻也洋溢着生命与庆祝。在两个女性和一个男性快乐的三重奏中,每个人都带来了一些简简单单却又无比珍贵的东西——以银箔和槲寄生(mistletoe)①树枝装饰的新吉他,用白色披肩包裹

---

① mistletoe:槲寄生是一种专门寄生于其他树木上的植物,圣诞节常用的装饰植物。这种植物在历史的发展中获得了很多不同的联想与意义。最早出现在古希腊和古罗马的神话中,被誉为"生命中的金枝",后亦作为和平与友谊的象征。在英国人的圣诞传统习俗中,站在槲寄生下的人不能拒绝亲吻,而在槲寄生下接吻的情侣将会终生幸福。同时,它也是耶稣的象征。

的婴儿和穿着皇家斯图尔特格子呢(Royal Stewart tartan)①外套的吉娃娃狗(Chihuahua)②。诗人捕捉到了这一场景的欢快与重要,而这并不一定是基督教的(这些人与普通格拉斯哥人的讲话方式无异,而不是基督教中的三个智者),将读者拉回到无宗教信仰时代,榭寄生的"俄耳甫斯的树枝"(Orphean sprig)③

---

① Royal Stewart tartan:是苏格兰最著名的格子呢,可追溯到皇家斯图尔特宫,也是英国女王伊丽莎白二世的私人格子呢。从理论上讲,未经女王的明确许可,不得穿这种格子呢。但由于它的受欢迎程度,现已成为一种普遍的格子呢。除了用以裙子和围巾外,这种格子呢还被用于苏格兰的饼干罐上。

② Chihuahua:吉娃娃狗是世界上最小的犬种,也是世界上最古老的犬种之一,原产美洲,以墨西哥的吉娃娃州(Chihuahua)而命名。体型细小、眼睛大、耳朵大和尾巴直竖为其主要特征。

③ Orpheus:俄耳甫斯是古希腊宗教和神话中的一位传奇音乐家、诗人和先知。相传,其妻欧丽戴斯(Eurydice)为毒蛇咬伤而亡,坠入哈德斯阴间。俄耳甫斯十分悲痛,决定去阴间将妻子带回。他用琴声打动了冥王哈德斯,但冥王告诫俄耳甫斯,离开地狱前不可回首张望。冥途将尽,俄耳甫斯忍不住转身,确定妻子是否跟随其后,最终却让欧丽戴斯坠回阴间的无底深渊。

让人们想起俄耳甫斯进入哈得斯冥界(Hades)拯救自己的妻子欧丽戴斯(Eurydice)所付出的代价。他们尽情地欢笑,无忧无虑,互赠礼物。似乎不论是命运,抑或生命中的诸多不如意都不能将他们击垮:"去年的怪物/快走吧,即便回来了,散落在各处/也终敌不过今年三月的我们仨"(Monsters of the year / go blank, are scattered back,/ can't bear this march of three)。《乔治广场上的欧椋鸟》("The Starlings ① in George Square")②以黄昏的场景开篇,当欧椋鸟从天空俯冲而下栖息时:"如一阵箭雨掠过/闪过窗户,/如一串珍珠挂在电线上[……]"(like a shower of arrows they cross/ the flash of a western window,/ they bead the wires with jet [...], p.27)。我们的目光聚焦在一个男人和他睁大了双眼的儿子身上,男人

---

① Starlings:欧椋鸟,俗称"欧洲八哥"。每年冬天,大群欧椋鸟在迁往俄罗斯之前,会先在英格兰与苏格兰之间的地带栖息。它们常常聚集盘旋、布满天空,形成暗无天日的景象。

② George Square:乔治广场是格拉斯哥的主要城市广场。

手指着天空，对着男孩笑着。看着俯冲而下的鸟儿，男孩感到似乎"被一种又困惑又甜蜜的情绪击中了"(a stab of confused sweetness)，像"一个故事，/一个胜过歌曲的故事"(like a story, / a story more than a song)穿过他。这些细节听起来好像是诗人的自传，就好像摩根在他的学校诗歌选集《世界：七大现代诗人》(*Worlds: Seven Modern Poets*，1974)的序言中所写的一样。在那里，他谈到了"诗歌之前的诗歌"(the poetry before poetry)，回忆了在家里唱着歌，播放着唱片，大人们在打牌、抽烟——这样的场景他永远铭记在心，就像现在盘旋的欧椋鸟："他永远也不会忘记那个黄昏。"

该诗分为三个部分。第二部分以一些滑稽的误解开头，欧椋鸟的鸣叫让正常的交流变得不可能。最后一部分反思的也是交流，却更加悲伤。人们采取了一些措施，不让欧椋鸟停留栖息在城市的建筑和雕塑上，这就意味着我们将永远失去"破译那种甜蜜的狂乱的鸣叫"的机会。这再次展示了摩根对于语言的热爱以及对所有生物之间存在的必然关系的感知。我们应该调整我们自己去适应他们,就好像他们适应我们坚硬的灰灰的屋顶和扶壁(buttress)①:"他们喜欢人类温暖的悬崖。"(They like the warm cliffs of man)

爱情诗

摩根感情生活的变化与城市的发展,让他这一时期所创作的爱情诗更为深刻。这种转变是从黑暗走向光明,从受到约束的、贫瘠的生活步入一个崭新的开始。《第二次生命》(p.35)这首诗也是整部诗集的标题,该诗以描写格拉斯哥和纽约开篇:"冬日的月光洒在摩天大楼,北部的/充满渴望的都市,桥梁的荣光,雾角/巨大的信息"(and the winter moon flooding the skyscrapers, northern—/an aspiring place,

---

① buttress:扶壁是一种在欧洲古代建筑中常见的建筑构件,建筑师将其修建在主墙和外部墙壁之间,以减轻主墙所承受的压力,增加建筑的安全性。扶壁也常用于承重墙、挡土墙、挡水墙等墙体。哥特式教堂的扶壁一般凸出很多。

glory of the bridges, foghorns / are enormous messages)。在诗人的世界里,万事万物皆有其声音与语言,他的节奏与运用连接词和破折号所表达出来的兴奋感相呼应。在他的笔下,格拉斯哥得以重塑。在他的新公寓里写作,"当飞机轰鸣/在建筑工地,在这温暖的西边的光线下[……](as the aircraft roar / over building sites, in this warm west light [...])",他不仅留意到了河岸边密密麻麻的水仙花及五月的绿色,也留意到了:

[……]幢幢高楼拔地而起

在黄色的起重机臂下,钢筋、水泥与玻璃

在原先的瓦砾堆上,赤脚的孩童已不再——

[...] the slow great blocks rising

under yellow tower cranes, concrete and glass and steel

out of a dour rubble it was and barefoot children gone—

回想冬季的那些夜晚，他想起了溜冰者在附近的宾汉姆池塘（Bingham's Pond）①中被小汽车的头灯一闪而过的情形，然后冰面破裂，彩绘的船只浮出水面，"一切就绪，只待玩乐，[……]黑色的船桨划过波光粼粼的湖面：真是地上天堂"（ready for pleasure，[...] Black oar cuts a glitter; it is heaven on earth）。紧接着，就像摩根的许多诗作一样，转向了对于时间所带来的变化的思考。犹如黑暗中出现的一粒种子，犹如一条灰色的蜕下的蛇皮，一个令人眩目的东西出现了，就好比脱掉一个城市沾满污垢的外衣，就好比经过了担惊受怕的沉默后，爱的宣言——我们所有习以为常的一切皆可以被抛弃，就好比第二次生命的觉醒，不论对于诗人，抑或对于他所生活的这个城市，皆是如此："从黑暗中走出：正当其时。"（Slip out of the darkness; it is time.）

---

① Bingham's Pond：建于十九世纪八十年代，位于旧砖和煤坑的旧址上。2003年，在池塘中形成了一个岛屿，作为天鹅和其他鸟类的避难所。

在这个新的城市,他在学习如何以不同的视角去观察和感受。在《从城市的阳台》("From a City Balcony", p.38)这首诗中,诗人回忆了与恋人一起漫步在格伦·弗林(Glen Fruin)①峡谷的情形,"蝴蝶与杜鹃鸟相伴",还有许许多多的见证者("波光粼粼的小溪,白色的羊羔,耀眼的金雀花[……],我的手,握住你的双手,见证了一切"),而这一切又与下面道路上繁忙的车流构成了鲜明的对照。那些司机并不能看见谁在阳台上,快乐倾泻而出,"快乐溢出,源源不断,/一直到炙热的地面、飞奔的车轮"。(It brims, it spills over and over, / down to the parched earth ad the relentless wheels.)

《草莓》("Strawberries", p. 39)这首诗融合了放纵与温情,一个普普通通的情景,在简洁平淡的诗行中,熟练地展开,让其情感变得非同凡响。"一根香烟"("One Cigarette", p. 40)同样是从一个普普通通

---

① Glen Fruin:格伦·弗林是苏格兰的一个峡谷,是苏格兰最后一场宗族战争的发生地。

的感觉出发,并将之复杂化——"它有气味吗?它有味道吗?"(Is it smell, is it taste?)——隐藏在黑暗背后的正是像人一般的烟雾,烟灰叹息着,落入烟灰缸中。摩根并不抽烟,但他在烟中发现了情色的一面:"你又来了,我醉了,在你抽过烟的双唇上。"("You are here again, and I am drunk on your tobacco lips.")在这里,烟雾可以交流,象征着爱的力量,吸进去的正是我们所呼吸的空气。

科幻诗

孩童时代,摩根便钟爱充满想象力的冒险故事,他对于现代火箭科技和太空探索的兴趣正与此相关,这也使得他渐渐地爱上了科幻小说与幻想作品。爱德加·莱斯·巴勒斯(Edgar Rice Burroughs)[①]、朱

[①] Edgar Rice Burroughs(1875—1950):美国著名的科幻小说家、冒险小说家。最为知名的小说是"泰山"系列,如《人猿泰山》(*Tarzan of the Apes*,1918)、《泰山之子》(*The Son of Tarzan*,1920)等。

尔·凡尔纳（Jules Verne）[①]、埃德加·爱伦·坡（Edgar Allan Poe）和 H·G·威尔斯（H. G. Wells）[②]是他最喜爱的作家。太空探索的灵感来源于一群组织严密的探险者，就像吸引他的那些古英语时代的斗士一样。这些人主要是男性，但当代宇航员并非都是男性，比如，苏联很早就有女性太空人。

《第二次生命》这本诗集中收录了两首具有一定反差的科幻诗：一首植根于未来，另一首着眼于过去。这或许是一个暗示，对摩根而言，我们尚未探索的巨大的奥秘，不是空间而是时间。《盾牌座星云》（"In Sobieski's Shield", p.41）这首诗是以"盾牌座星云"这

[①] Jules Verne（1828—1905）：法国小说家、剧作家及诗人，现代科幻小说的重要开创者之一，享有"科幻小说之父"的美誉。其代表作有《海底两万里》（*Vingt mille lieues sous les mers*, 1870）、《从地球到月球》（*De la Terre à la Lune*, 1865）等。

[②] H. G. Wells（1866—1946）：英国著名科幻小说家、政治家、社会学家及历史学家。主要代表作有《时间机器》（*The Time Machine*）、《隐形人》（*The Invisible Man*, 1897）、《星际战争》（*The War of the Worlds*, 1898）等。他曾被提名 1921 年、1932 年、1935 年和 1946 年的诺贝尔文学奖。

个天空中第五小的星座而命名。这一星座由波兰天文学家约翰·赫维留（Johannes Hevelius）[1]于1684年以波兰国王约翰三世·索比斯基（John Ⅲ Sobieski）而命名。索比斯基国王（Sobieski）在1683年以少胜多，打败了奥斯曼帝国（Ottoman）[2]对维也纳的围攻。诗歌的标题选得很好，因为它讲述了战争及其所带来的令人不安的后果。全诗的开篇描述了太阳没有升起时，地球上混乱一片。诗中没有标点符号，令人无法喘息。保留地球生活的其中一个计划便是将人类去物质化（dematerialize），然后在太阳附近的盾牌座星云的一个可能允许生命存在的星球上，重新将人类再物质化（rematerialize）。

演讲者被选中和他的妻儿一起去执行此次任务。这一过程所需的技术尚不确定，这首诗的迷人之处，

---

[1] Johannes Hevelius（1611—1687）：波兰天文学家，月球地形研究的创始人，发现了四颗彗星。
[2] Ottoman：奥斯曼帝国的创立者为奥斯曼一世。初居中亚，后迁至小亚细亚，日渐兴盛。极盛时势力范围包括亚欧非三大洲。

在一定程度上,在于演讲者将他所经历的这一过程中发生在他自己及家人身上的种种变化融合了科学的观察:他妻子的"奇怪的、漂亮的鲜红色的头发的花冠",他自己的只有四个手指头的手,还有他儿子的一个乳头。当他目睹自己的妻子复活,拥有了第二次生命时,所有的一切都变得那么温柔。诗的背景设置在一个"粗糙的金属平原/从它的坑中喷出钴/在一个好似跳动的白色锣的太阳底下[……]"(harsh metallic plain/ that belches cobalt from its crater under a / white-bronze pulsing gong of a sun [...])。转瞬之间,这些坑坑洼洼就变成了第一次世界大战的战壕,科学家看见一个阵亡士兵的手,从浸满了水的坑中伸出,胳膊上一个心形的文身清晰可见,他惊呆了。更让他感到震惊的是,他依稀记起自己的胳膊上也曾有这样一个心形的胎记:

> 再物质化收集了这些碎片
> 将战争与古老的苦痛嫁接
> 原谅我,亲爱的帮助我的人

诗人之抉择

The rematerialisation has picked up these fragments I have

a graft of war and ancient agony forgive me my dear helper

当这个腼腆的男人将自己的妻儿紧紧拥入怀中，意识到"我们与过去的一切都联系在一起"，但我们又不得不面向未来，而不是回首过往时，这是一个多么令人感动的瞬间！诗歌以一个新的开端结尾：他们离开了受到保护的栖息之所，去寻求和面对这个恶劣的环境所带给他们的一切——第二次生命的机会。对摩根而言，约翰·弥尔顿（John Milton）[①]是最伟大的英国诗人。他的《失乐园》（*Paradise Lost*）这部史诗的结尾，当亚当和夏娃从伊甸园中走出，这是一个巨大的成就。类似的情绪也出现在"盾牌座星云"一诗

---

① Milton（1608—1674）：英国诗人、思想家。代表作有《失乐园》（*Paradise Lost*，1667）、《复乐园》（*Paradise Regained*，1671）等。

中的最后几行。我们同样可以看到，摩根，作为一位现代诗人，通过《第二次生命》这本诗集，对"第二次生命"这一主题进行的不同探索，加深了我们对这一问题的认识。能够给我们提供救赎和新生命的，不是宗教，而是将来的科技发展。尽管，在将来，这些幸存者需要付出巨大的努力，拥有强大的创造力，才能生存，就如同我们现在的星球一样，凝聚了无数代人的努力与创造。

《从阿恩海姆的领域》("From the Domain of Arnheim", p. 44)这首诗将我们带回过去的时光。其标题源自摩根的过去，那时他在学校学习艺术。《阿恩海姆的领域》("The Domain of Arnheim", 1847)是美国作家埃德加·爱伦·坡所创作的短篇小说。摩根的创作灵感同样来自1938年超现实主义画家雷内·马格利特（René Magritte）①一系列画作的第一幅。这幅画作是回应埃德加·爱伦·坡所描绘

---

① René Magritte（1898—1967）：比利时超现实主义画家，其代表作有《戴黑帽的男人》(Le fils de l'homme)等。

的集"美丽、庄严与奇异"为一体的风景,由于人类的介入变得更好,类似于"盘旋于人类与上帝之间的天使的杰作"。故事中令人啧啧称奇的风景,旨在将人类变为更高级的存在。

诗歌的开篇是时光旅行者未说完的关于此趟行程目的的话语——似乎是飞机的速度让他们的计划变得漫无目的,最终也证明确实如此。他们很快就抵达了阿恩海姆领域内的一块冰面上,好像是冰川世纪(the Ice Ages)时期地球上的某个地方。两位旅行者,手挽着手,沿着湿滑的冰坡向下,来到史前定居地的篝火旁。那里,人们载歌载舞,鼓号齐鸣,好似在庆祝一个婴儿的诞生。这两位旅行者,犹如幽灵或天使,可以被感觉到,却无法被人们看到:"对于他们,我们是空气的流动/是猝然的寒意,但我们无法控制/他们的恐惧"(To them we were a displacement of the air/ a sudden chill, yet we had no power/ over their fear)。那时,一个人所表现出来的勇气不亚于其恐惧:

大汗淋漓的号手

从火中取了一块还在燃烧的木头,大叫一声,扔向

我们刚才置身之地——

我们什么也没感觉到,除了他的勇气。

A sweating trumpeter took

a brand from the fire with a shout and threw it

where out bodies would have been—

we felt nothing but his courage.

旅行者回到了他们的航空母机,但那个人的勇敢,却在他们心中挥之不去,而这比他们在旅途中所收集到的任何样本都更具意义:"从时间上来说,纪念品就是行为"(From time the souvenirs are deeds)。诗中所展现出来的两种文化间的敌对状态,令人印象深刻,更为复杂高级的文化在侵入一个不同世界时,却被折服。诗的中间部分,诗行变短,紧张的状态得

以呈现：

> 我们停下了什么
> 除了欢乐？
> 我知道，你感觉到了
> 相同的沮丧，你抓住了我的胳膊，他们在等待
> 因为他们知道，我们会离开。

> What had we stopped
> but joy?
> I know you felt
> the same dismay, you gripped my arm, they were waiting
> for what they knew of us to pass.

旅行者身体上的接触与相同的情感，暗示着跨越时间的共享的"人性"。他们可以理解并欣赏随后发生的英勇行为，在某种程度上，这也保证了这些人最终能够幸存下来。

千面诗人埃德温·摩根

《第二次生命》这本诗集在艺术上十分成功,奠定了摩根作为苏格兰诗坛领袖人物的坚实地位。它获得了苏格兰艺术委员会图书奖(Arts Council Award),销量很不错。其设计也相当前卫,不仅内容和风格多样化,而且外形呈方形(为了方便有些图像诗的排版),封面为醒目的黄色。该诗集使用了电脑进行排版,尽管这种当时未被尝试的方式也出了不少问题,使得出版延后。那时,摩根不仅全职从事教学工作,还和他人一起编辑《苏格兰诗歌》(*Scottish Poetry*)和《苏格兰国际》(*Scottish International*)两本杂志。前者是年刊,刊登新的创作;后者是季刊,刊登艺术和时事内容。与此同时,他还为不同的出版物撰写评论和翻译作品。他在学术方面所展现的精力令人吃惊,正如他自己所说的:"就好像被枪击中了一样。"或曰,像一枚火箭。

对于生命的多姿多彩,他亦十分着迷。正如他在《事物之我见》("A View of Things", p. 46)中写道:

我爱睡鼠之大小

我恨雨滴之嘲笑

我爱风笛之镇定

我恨气味之芳香

我爱报纸之错印……

what I love about dormice is their size

what I hate about rain is its sneer

what I love about the Bratach Gorm is its unflappability

what I hate about scent is its smell

what I love about newspapers is their etaoin shrdl...

等等诸如此类,还有另外 22 种爱与恨。然而我们感觉到他真正热爱的,或许是,诗歌的这种充满智慧的形式,让我们可以对个人的偏好进行思索。我们或许需要查找一下 Bratach Gorm 是什么意思。事实上,它意为"蓝色旗帜",是伦敦风笛比赛的最高奖项。又或是看到报纸上错误的印刷(在熔金属排版的年代非常普遍),摸不着头脑,还在挖空心思地想是什么意思。比如这些词语"darn hostile""hotel drains"或"hairnet sold",看起来像拼字游戏,实际上一个都不对。或许,诗人就是想通过这首诗让我们对这些奇异之事稍做停留。

收获与失去

二十世纪七十年代的诗歌

二十世纪七十年代,正如摩根后来所承认的那样,和他辉煌的六十年代相比,是一段空白。或许他想说的是,有太多太多想要忘却,最为典型的莫过于他生命中主要的四个人的离去。1970年4月,他的母亲在过完50岁生日的第二天,死于中风,他当时就在现场。薇洛妮卡·福雷斯特-汤姆森(Veronica Forrest-Thomson)[1]是一位非常有才华的来自格拉斯

---

[1] Veronica Forrest-Thomson(1947—1975):诗人和文学批评理论家,在格拉斯哥长大。

哥的实验派诗人，摩根从她在学校的最后几年开始，就一直和她保持通信联系。1975年，她因意外服用过量药物而去世，年仅27岁。1978年9月，他的挚爱约翰·斯科特（John Scott）以及对他而言犹如诗歌之父的休·麦克迪米德（Hugh MacDiarmid）时隔几日相继离世。七十年代的英国，各种社会问题层出不穷：政治动荡、罢工、断电、中东战争以及通货膨胀。痛失所爱，与这些问题所带来的压力叠加在一起。

然而，他的学术工作还得继续，写作也同样得继续。从某种程度上来说，七十年代让摩根得以进一步的突破。尽管《第二次生命》这本诗集销量不错，但出版商无法承诺出版第二卷。不过，摩根最终在英格兰找到了一家新的更具国际视野的出版社，规模不大却颇有魄力。迈克尔·施密特（Michael Schmidt）①时任主任和编辑，他帮助摩根策划了《从格拉斯哥到土

---

① Michael Schmidt（1947— ）：墨西哥裔英国诗人、学者、出版商。1969年创立了卡尔卡内特（Carcanet）出版社，2014年从格拉斯哥大学诗歌教授一职退休。

星》(*From Glasgow to Saturn*，1973)这本诗集，一举奠定了摩根作为英国主要诗人的地位。施密特在编辑领域所展现出来的创造力与能量，与摩根在诗歌方面的创造力与能量，不相上下。二人精诚合作，互惠互利，共同度过了一段艰难的岁月。除了《新的Divan》(*The New Divan*，1977)，施密特还出版了摩根的两卷翻译作品以及他1970年代所写的学术论文，以及摩根编辑的一本《苏格兰讽刺诗歌》选集(*Scottish Satirical Verse*，1980)。

当然，《第二次生命》出版后，摩根作品的知名度更高了，也会有一些独立的出版机构来联络他。因此，在1970年代，有好几家小型出版社出版了他的作品，较为重要的有卡索洛出版社(Castlelaw Press)出版的《十二首歌曲》(*Twelve Songs*，1970)和《格拉斯哥十四行诗》(*Glasgow Sonnets*，1972)，以及由阿克罗斯出版社(Akros Publications)出版的《马术师的话：图像诗》(*Horseman's Word：A Sequence of Concrete Poems*，1970)和《威特里克：由八段对话构成的诗1955—1961》(*The Whittrick：A Poem in Eight Dia-*

logues 1955—1961，1973)。这两家出版机构均来自苏格兰。《十二首歌曲》中收录的一些诗歌后来成了人们非常喜爱的作品，如《苹果之歌》("The Apple's Song")和《尼斯湖水怪之歌》("The Loch Ness Monster's Song")。

《傻瓜相机诗》(*Instamatic Poems*，1972)

1972年，伊恩·麦克尔维(Ian Mckelvie)，伦敦的一位书商，想出版一个新的当代诗歌的系列，让摩根提供一些诗作。摩根将自己新创作的"傻瓜相机"诗歌交给了他。摩根这样解释这些诗歌——"主要以报纸或电视上所报道的一些东西为基础，将它们形象化，似乎是有人在现场用相机梳理了事件。"这也展现了摩根对新科技的兴趣。傻瓜相机使用的是一种特殊的胶卷，几分钟之内便可将图像显影（不必等到将整卷胶卷全部用完后，才能送到专业地方去打印）。摩根一直对摄影和电影很感兴趣，对大众传媒影响文化的一些新的方式也是如此。正如图像诗中排版和字体会产生新的意义一样,"傻瓜相机"诗歌,以刊登每日新闻的大众新闻业这种当时最常见的媒体为背景,探索了意象的影响。

这些傻瓜相机诗歌也是摩根对时间探索的一部分,尤其是那些被闪光灯所捕捉到的瞬间。这些诗歌都以地名和年月作为标题,应该对应的是照片拍摄的时间,大部分是1971年的,有一些是1972年。在原来的诗集中,这52首诗并非按时间顺序排列,但在《诗作新辑》中所收录的一部分则按日期排列(p.49-56)。不过,《格拉斯哥1971年3月5日》("Glasgow 5 March 1971")这首诗在上述两本诗集中都编排在第一首。对一个暴力场景的平静的观察似乎反映了两个坏人"毫无表情"的脸。然而,他们的所作所为却以令人吃惊的细节展现出来:"动脉血"喷涌而出,"玻璃碎片"插在脸上,胳膊"像海星般伸出"。还有另外一些对照:一对年轻夫妇(或许正在橱窗里看戒指?),两个抢劫者,还有两个路过的、不想被牵连的司机。我们以往所看到的摩根对于格拉斯哥的场景与人物的情感与关注,似乎消失了,而这也使得这首诗更让人感觉不安。现代媒体对于暴力现场的详细描述，是否让我们丧失了共鸣的能力？这是作者没有提出，却能让我们引发思考的问题。就像世界新闻报道一样，"傻瓜相机"诗歌带我们游走在世界各地：从尼斯（Nice）、芝加哥、尼日利亚、缅甸、越南、曼彻斯特、布拉德福（Bradford）①、巴西等地到大西洋中部及超越月球的空间。

摩根在《诗作新辑》中挑选的 11 首"傻瓜相机"诗歌包括了好几首有关艺术家的，如毕加索（Picasso）、庞德（Pound）和史特拉文斯基（Stravinsky）②；一首关于多语的匈牙利的医生-诗人，以及苏格兰高地地区的风笛音乐老师、北非苏非派（Sufi）③舞者。他将这些艺

---

① Bradford：布拉德福是位于英格兰西约克郡的一个城市，是英格兰公路、铁路与航空运输的枢纽之一。

② Stravinsky（1882—1971）：出生于俄国的法国/美国作曲家、钢琴家及指挥家，二十世纪现代音乐的传奇人物，被人们誉为"音乐界中的毕加索"。

③ Sufi：苏非派是伊斯兰教的一种，其标志物为带有星月标志的有翼红心，以及因旋转舞蹈而飞起的长裙。"旋转"是苏非行者重要的修炼方式。

术家置于孤单寂寞的背景之下,这似乎在暗示着创造性的生活需要坚强的意志,需要将艺术置于家庭或友谊之前。即便是苏格兰最古老的风笛艺术也处境艰难。在《格拉斯哥 1971 年 11 月》("Glasgow November 1971")这首诗中,麦克克里蒙家族(MacCrimmons)珍爱的"布满斑点的风笛"由风笛学院(the College of Pipe)身着苏格兰方格呢裙的新主任,在距门最远处吹奏,墙壁上脏迹斑斑,"背后是灰尘满布的一堆/玻璃杯、蓟与蒲公英,〔……〕卷扬机打包了,酒瓶空了"。古老的格子呢与风笛文化融合在一起,在城市衰退的背景之下,好像伪装一般,而相机将二者都记录了下来。

当然,这些"傻瓜相机"诗歌记录了生活中的一些细节,人类的兴趣(或曰动物的兴趣,在格拉斯哥一个酒馆里猫儿舔牛奶比赛)与一些奇怪的场景放置在一起,比如,一个来自达姆施塔特(Darmstadt)①精密仪器机修工对生活绝望至极,用自制的断头台结束了自

---

① Darmstadt:德国的一个城市名,有"科技城"之称。

己的生命。我们必须要提醒我们自己，所有这一切都是真真切切的。如果我们在报纸上没有看到这些，那么现在看到它们也是令人信服的（只要记住我们是通过一个想象的照相机的镜头在我们内心看着它们）。

这本诗集中或许最令人无法忘怀的是《安第斯山1972年12月》("Andes Mountains① December 1972")。该诗以宗教圣餐的仿作呈现，乌拉圭橄榄球队员所乘坐的飞机在安第斯山坠毁，幸存的队员依靠吃队友保存在雪地里的尸体，最终得以存活。这支球队的名字是"老基督徒"。

或许这首诗事实清楚，又有些怪异，很快就吸引了一些年轻读者。也或许是摩根有意逃避感情，作为一种面对他母亲离去的方式。他母亲性格刚强，曾教导摩根不要表露自己的感情。其他的家庭可能会号啕大哭，但摩根和阿诺特家族的人，不管发生了什么，都应该向前看。当然，要从拥有如此丰富情感的诗人

---

① Andes Mountains：位于南美洲西岸，陆地上最长的山脉。

身上，概括出一种情感，的确十分危险。出版于1973年的诗集《从格拉斯哥到土星》收录了这段时期摩根所创作的诗歌，展现了多种多样的色调。同样，我们快速浏览一下格拉斯哥大学在线特别馆藏，便会发现摩根在其母亲去世后的几个月里，从事了大量的翻译工作，接着便创作了很多"傻瓜相机"诗歌。点缀在这些诗歌中的也有像《公爵街的死亡》("Death in Duke Street"，p.76)和《格拉斯哥十四行诗》("Glasgow Sonnets"，pp.82-86)这样的诗作。这些十四行诗探索了城市复苏过程中一些不好的方面，这些不好的方面是摩根在当时觉得发人深省的。还有《第五福音》("The Fifth Gospel")以一种更为激进的方式挑战了《圣经》中的耶稣："不要给恺撒任何东西，因为没有任何东西是恺撒的。[……]我的束缚不易，我的负担不轻"(Give nothing to Caesar, for nothing is Caesar's. [...] My yoke is not easy, and my burden is not light. Collected Poems, pp.259-60)。这首诗让我们想起了摩根在《信息理解了》这首写于他父亲临终之际的诗中所表达的对传统基督教的挑战。

《从格拉斯哥到土星》

(*From Glasgow to Saturn*, 1973)

摩根给迈克尔·施密特寄了一大捆诗歌。施密特从中确定了一些关键的主题,剔除了一些影响力不大的诗歌,并将其余的按主题重新排序。这本诗集开头的诗歌更加轻松,却也清楚有力,比如《哥伦比亚之歌》("Columbia's Song")、《在格拉斯哥》("In Glasgow")和《漂向帝汶岛》("Floating off to Timor")(pp.57-59)。这些诗歌确立了苏格兰的城市背景——充满异国情调的旅行是不错的幻想,然而最终,现实在向我们招手:

> 我们收起梦想,
>
> 恰似从晾衣绳上取下衣服,
>
> 急行的火车火花四溅
>
> 在我们的城市。我们最好醒着。

We take in

the dream, a cloth from the line

the trains fling sparks on

in our city. We're better awake.

爱情诗更关注的是分离。事实上,摩根和约翰·斯科特感情深厚,却并不排他,两个人都不时与其他人有关系。这本诗集中的爱情诗当然比《第二次生命》中的更加阴郁。比如,在《电视机里》("At the Television Set")这首诗中,诗人思索了投射在观者胳膊和脸庞上的蓝色和黄色的阴影,意识到时间的流逝与时间所带来的变化。在宇宙层面的时空里,行为被无限地保留:"即便从这间屋里,我们走出去,穿过繁星/及结构,永远无法再回来"(For even in this room we are moving out through stars/ and forms that never let us back, p.61)。在一段可能不会持续太久的关系中,他想知道什么东西会"如岩石般,熬过癌症与白发"(like a rock through cancer and white hair?)在相同的时空内,他没能找到清晰的答案,而时间也仿佛睡着了。

衰败感或曰爱的毁灭在他的《为了篝火》("For Bonfires", p.62)一诗中得到了体现。该诗由三部分构成,很好地和格拉斯哥的贫民区清理联系在一起。他在诗中描绘道,"幸福的破坏的人们"将旧的门框、屋梁、架子、玩具、任何可以燃烧的东西,堆在一起,形成一个火葬柴堆:"所有人都站在周围/欢呼着看着房子冒烟"(And they all stand round/ and cheer the tenement to smoke)。这首诗第二部分里所展现的男性的能量,在第一部分和最后一部分以不同的形式表达出来。在第一部分里,一个园丁在将秋天的树叶收集起来,准备焚烧时,"漂流/如幽灵"。在最后一部分,则是一个人在桶里焚烧信件。当这些树叶和信件在燃烧时,似乎又复活了:"他们伸出爪子,刮擦着铁桶/仿佛又拥有了生命"(They put out claws and scrape the iron / like a living thing)——但很快便平息下去。正在焚烧那些私人信件的人(正如摩根在奔赴战场前烧掉了自己很多的信件一样)似乎对于要失去它们漠不关心,或者至少将感情隐藏了起来,只是

深深地吸了一口气:

> 让它们冷却吧
>
> 当它们死去时
>
> 快快呼吸。
>
> Let them grow cold
>
> and when they're dead
>
> quickly draw breath.

《土狼》("Hyena")和其他的动物诗

更加具有趣味性和异国风情的诗歌改变了情绪,或曰这些诗仅仅是看起来有些趣味而已。《尼斯湖水怪之歌》(p.66)这首诗用了一些拟声词和其他的一些声音手段,形象地表现了水怪在留意到游客或岸边观看它的人之前,从水中探出到水面嬉戏的情形。水怪的情绪变得越发糟糕、越发粗鲁[使用了大量类似"gr"音的组合,这些组合通常和一些不开心的声音联系在一起,如呻吟(groan)、抱怨(gripe)、哭泣(grizzle)]。

这些"人"似乎让水怪非常厌烦,它发出声音,似乎是在诅咒他们。水怪时而困惑、时而生气的声调,通过问号和感叹号暗示出来。最后它沉入水中,慢慢地释放出一串泡泡:"blm plm,/ blm plm,/ blm plm,/ blp"。我们的目光再次被吸引到标点符号的精确使用之上,逗号的使用控制着水怪深入水中的缓慢节奏。因而,这首"没有意义的诗歌"(nonsense poem)产生了些许意义。甚至有人建议,如果将这首诗掉转,诗行的不同长度暗示了水怪在湖面移动时弯曲的轮廓。不论此言是否为真,该诗在组织方面的细微之处,都有很多值得我们去欣赏。

《土狼》(p.65)这首诗直接使用第一人称的叙述方式,来展现土狼这种动物的特性和威胁。开头的一句是"我正在等你",紧接着便直截了当地解释了它是多么口渴、多么饥饿。现在时态的运用似乎让我们更深刻地意识到处境的危险,尤其当我们的注意力集中到它的眼睛上时,"在阳光下眯成了一条缝"(screwed to silts against the sun)。因此,在第一节的结尾,当它说道:"你必须相信我已经蓄势待发"(you must believe I am prepared to spring),我们不得不相信!

在土狼身上,我们看到了傲慢。它从皮毛、狡猾与能量方面,三次将自己和非洲大陆相比。这种能量细化在它不知疲倦地潜行猎食上:"我小跑前行,我大步慢跑,我淌口水,我是突击者"(I trot,I lope,I slaver,I am a ranger)。它平静地告诉我们"我吃了猎物",使用简简单单的单音节词语来描述这一猎食过程,使得整个过程更加恐怖。在接下来的一节中,即便当土狼在向月亮歌唱,有些抒情时,其寒冷的夜间栖息地的一些细节,如"泥巴墙、破地方、烂鼓"等,无一不暗示着衰败。它所发出的问题,"你会在那荒芜的地方与我相遇吗?"(Would you meet me there in the waste places),这实际上是一个反问句,而非一个友好的邀请。

读者的注意力被拉到土狼具有杀伤性的头部的一些细节:口鼻、狼牙和伸出的舌头。所有这一切帮助它把一头狮子的尸体变成其"金色晚餐"。甚至它本该是笑的脸也变成了威胁:"[……]我是在笑吗?/我根本就没笑。"事实上,它是在等待(而这也具威胁性)弱点和垂死的信号。这些信号涉及人类和其他哺乳动物所共享的一些元素,是土狼正常的饮食:"脚""心脏""肌肉""眼睛"与"血液"。我们的骨头和其他生物的骨头,对土狼来说,没有什么差别。看到我们的人性被这样一种对人生意义截然不同的理解所剥夺,或许是最令人恐怖的:

> 我就是要把你吃得干干净净
> 将你的骨头留于风中。

> My place is to pick you clean
> and leave your bones to the wind.

摩根喜欢独立性的动物,尤其是那些让人类留意的动物,比如狼和蚊蚋(midges)[①]。例如,《狼的第三日》("The Third Day of the Wolf", *Collected Poems*,

---

① 蚊蚋(wén ruì):食植物汁的蚊子叫蚊;食人血的蚊子叫蚋。

p.151)这首诗描述了一只从动物园里逃出来的、独自奔跑的加拿大灰狼。三十年后,摩根再次回到了这一主题,《虚拟的与其他的现实》(*Virtual and Other Realities*,1997)这本诗集中有一系列的诗,取名为《苏格兰的动物》(*Beasts of Scotland*,为爵士乐伴奏而创作)。这些诗歌中包括了一些典型的苏格兰动物,如红鹿、金鹰和蚊蚋,也包括"狼"(*Virtual and Other Realities*,p. 23),使得狼在凯恩戈姆山脉(Cairngorm)①再次出现:

拜托留荒野一片,

小木屋里听声声狼嚎,

黄色眼睛在阿维莫尔环绕。

A little wildness please,

---

① Cairngorm:位于苏格兰东部,是不列颠群岛第二高峰,为烟晶(一种黄褐色石英)的主产地,因此英语中"烟晶"的别名亦称"cairngorm"。狼一度在苏格兰灭绝,后从其他地方重新引入狼只,使得它们在苏格兰再次繁衍生息。

> a little howling to be heard from the chalets,
>
> a circling of yellow eyes at Aviemore①.

我们或许可以感受到，摩根希望动物可以自由奔跑的欲望植根于其性格中，与他自己早期的经历也有关联。那时，他不得不遵从那些约束他的社会习惯和价值判断——他是一个社会主义的诗人，却出生于一个保守的家庭；他是一名教师，其创造性的工作，大部分不得不与日常的教学工作分离；作为一名同性恋，他的性取向无法表达，否则，就会受到迫害与羞辱。在表演中让他深深触动的一首诗是《随后》("Afterwards", p. 67)。它描述了远东的一个国家遭受原子弹袭击后的后果，借由一个年轻人的视角，重点关注了人类为此所遭受的痛苦。他和妹妹一起出去探险，在一个被炸毁的寺庙旁，发现了一个男孩的骷髅。皮包骨的手指头还紧紧地抓着一个竹笼子，从笼子里面传来一只宠物蚱蜢微弱的声响——"仍然还

---

① Aviemore：苏格兰高地行政区的一个城镇。

活着,从笼子的竹条背后刮擦着,这是它所知的唯一信号"(alive yet and scraping the only signal it knew from behind the bars of its cage [...])。他们将这只蚱蜢从盒子里放了出来。摩根对这种交流的本能,即便是受到限制时,也有着深切的感同身受。

《到土星》(*To Saturn*)

与这种被囚禁的感受形成对照的是,太空探索,总能借由未来的思索,让摩根的想象力得到释放。为此,需要不同的语言去感受。《航天舱的思想》("Thoughts of a Module", p.68)用一种简单的近乎机器的句法表达出来,从航天舱的视角给人们提供了一个对于第一次登月的奇怪的、深入的看法:

> 一切岩石皆样品。灰尘收集到了,我想。
> 我的腿很明亮。在遥远的阳光下。
> 结束了,我想。我的宇航员们如何走动。
> 话语从太空传出。我摇了摇梯子。

要离开明亮的太空。我看见了黑暗的太空。

All rock are samples. Dust taken I think.
Is bright my leg. In what sun yonder.
An end I think. How my men go.
The talks come down. The ladder I shake.
To leave that bright. Space dark I see.

这样一种断断续续的语言也传递了一种时间的流逝，这是那些当时正在电视上观看这一事件的人们的感受，正如诗人自己一样。

语言与能量是《水星上的第一批人》("The First men on Mercury", p.69)这首诗的主题，具体体现在一段成功的对话中。这些来自地球上的人们天真地以为自己的语言更加高级，和水星上的土著人讲话时，特意使用一些简单的词汇，好像是在对孩子说话一样。土著人则用一些野蛮的声响对他们进行回应。二者之间形成了鲜明的对照。但每个说话人都从他们不同的语言系统中采用了一些词汇，慢慢地这些声响变成了一种混合的方言。然而,这些水星人在吸收他们不熟悉的语言时,能力比这些宇航员更强,或许是通过他们某种高级的思维转换。土星上的人们在理解了这些地球人的话语后,将他们送回了地球。结果,他们回到地球后只会说那些原始的土星语。这是以一种威胁的方式提醒人们,事情再也不会和以前一样了。

《太空诗 3:偏离轨道》("Spacepoem 3:Off Course", p. 70)这首诗运用了空间位置与重复等图像诗的技巧,诗歌的第二部分排列成锯齿状,在视觉上造成一种"偏离轨道"的感觉。在此,摩根再次使用了早期太空飞行的电视镜头画面:"太空舱之歌"(the cabin song)、"偷带的口琴"(the smuggled mouth-organ)、"旋转的大陆"(the turning continents)、"金色的生命线"(the golden lifeline)和嘎吱作响的耳机(the crackling headphone)。一旦飞行出错,这些名词短语的修饰语就会调换顺序,以一种怪诞的方式,营造出旅程已不受控制,可能会永远飘浮于太空的感觉:

　　　　　　　旋转的沉默

　　太空碎屑　　嘎吱作响的胡须

　　轨道口琴　　漂浮的歌曲

　　　　　　　the turning silence

　　the space crumb　　the crackling beard

　　the orbit mouth-organ　　the floating song

《从格拉斯哥》(*From Glasgow*)

这本诗集以回到地球,或曰二十世纪七十年代格拉斯哥的一小片地面,作为结尾。首先是一首由五部分构成的超现实主义的策马奔驰的诗歌,诗名为《骑马者》("Rider", p.73)。它聚焦于马匹和格拉斯哥的诗人。二者在形状和风格上都大不相同,整首诗中都充满了一种近乎狂躁的能量,这恰好与摩根认为格拉斯哥完全具有潜力让人们吃惊的观点相匹配。然而,吃惊有可能会迅速地转变为震惊,正如悲伤的《公爵街的死亡》("Death in Duke Street", p.76)一样。一位老人在人行道上,生命岌岌可危,一个年轻人搀扶着他,突然尴尬地发现自己正处于大家关注的中心。这和宇航员们积极向外的活动正好相反:

> 他的双眼紧盯着天空,
> 他已经在离开
> 去往没有归属之地

> his eyes are fixed on the sky,
> already he is moving out
> beyond everything belonging

围观的人们在周围走动着、评论着,想要助一臂之力。被年龄和死亡所隔离的个体与这些人们形成了对照。诗人对于这一场景的细节的观察,尽管以一种同情的目光,让他在自己所选择的观察者的角色里,处于一种隔离的状态。

对于摩根而言,这样的角色让他可以坚定地涉及一些道德问题。《斯托布赫尔医院》("Stobhill")探讨的是流产问题,以一个事件作为出发点,让牵涉其中的所有人都有机会发表自己的看法:医生、母亲、父亲、把流产的婴儿从手术室运到火化地的搬运工,以及听到从处置袋中传出抽泣声的锅炉工。婴儿的哭声让我们想起了那个在竹笼里乱抓的蚱蜢。摩根的方式并非简简单单,多重观点的使用揭示了不同的态度与价值观。然而,他本人坚定地站在有生命的一方,医生和搬运工的借口甚为拙劣,尤其应受到谴责,摩根诗作的道德的一面得到清晰的表达。摩根的出版商迈克尔·施密特曾劝说他将《斯托布赫尔医院》这首诗收录到1985年的《诗歌选辑》(*Selected Poems*)中,因为他认为学校可以使用这首诗来谈论一些较为复杂困难的问题。事实上,在九十年代的报纸《每日记录》(*Daily Record*)中有一个特写,反对在学校中使用这首诗歌。或许这也正是为什么摩根在九十年代末在《诗作新辑》这本诗集中保留了这首诗的原因吧。

《从格拉斯哥到土星》这本诗集的结尾包括十首"格拉斯哥十四行诗"(pp.82-86)。利用十四行诗的形式来关注社会问题,不太常见,却也并非独有。在此之前，摩根已经从法语翻译了许多文艺复兴时期的、以爱情为主题的十四行诗，对这种格律严格的诗歌形式已拥有了较高的技艺。这种训练对他的独创性提出了挑战，但十四行诗的形式也帮助他关注自己的情感，以及格拉斯哥这座城市重建过程中所遇到的种种艰难，尤其是生活在这里的人们仍然受困于失业与贫困，带给他的感受。因而，他激烈的情感，在受到十四行诗这种形式的束缚时，表现得越发强烈。如果说英语中有这样一种关注社会的十四行诗的模式，或许便是约翰·弥尔顿"偶尔"创作的关于人和事件的十四行诗。摩根也翻译了德国诗人普拉腾（August von Platen）[①]关于威尼斯的十四行诗。但是使用十四行诗的形式来仔细分析都市的衰败、重工业的衰落、政府工业政策，尤其是克莱德河畔造船业的影响等等，不仅仅是崭新的，亦是及时的，似乎是要强调其更为广泛的政治意义。摩根将这些诗作送到了英格兰的纽卡斯尔的一份名为《站立》（*Stand*）的文学刊物和伦敦的《时报文学副刊》（*Times Literary Supplement*）

---

① August von Platen（1796—1835）：德国诗人和戏剧家。

上发表。

我们以第十首十四行诗(p.86)为例,看看摩根如何通过一系列的对照来建立自己的观点。这些对照包括高度和深度——从"红路公寓"(Red Road flats,位于格拉斯哥北部的八幢多层公寓,设计容纳4 700人)的30楼到地面层的"单间公寓"(只有一间房,兼具厨房、起居室和卧室的功能)。当电梯出毛病时,"红"路与"高耸的蓝色公寓"形成了对照。这些向天空伸展的公寓引发了一个讽刺性的想法:如果大部分公寓都是十四行诗的大小(也即十四层),那么它们都会延伸成一首颂歌。

这种文学的参照,从某种程度上来说,提出了一个关于文学教育的功用这个更大的问题。这首诗关注的是一个居住在这样的公寓里的男学生,正在学习《李尔王》(*King Lear*)①这部悲剧作品,他能够很好地

---

① *King Lear*:《李尔王》是英国作家莎士比亚著名的悲剧之一。讲述的是不列颠国王李尔的故事,由于两位女儿阿谀奉承,李尔王将自己的产业分给了她们,最终造成悲惨后果。

想象那些以多佛悬崖（Dover cliffs）①为背景的场景，因为他自己就住在一个这样的悬崖上。他通过接受教育，可能就有机会拥有不同的未来。而那些仍然蜗居在"单间公寓"里的人们，生活环境犹如贫民窟，要"将他们的精力用到骨头为止"（use their spirit to the bone）。显然，这个男孩的生活与那些人已经不同了。当他们艰难地跋涉到自助洗衣店，他们所拿的不仅仅是待洗的衣物："他们坚定的鞋子/承载着一个世界，像法官一样考量着我们"（their steady shoes/ carry a world that weighs us like a judge）。显而易见，在最后这首诗中，诗人将他自己及读者置于拷问之下。除了写作和阅读，我们正在做些什么，让我们所生活的世界，变成一个对每一个人都更美好的地方？

《从格拉斯哥到土星》自出版后的首四个月就卖出了1 700本（对于诗集来说，这已是一个相当高的销

---

① Dover cliffs：多佛悬崖多为白色，由白垩及黑色燧石条纹组成，是英格兰海岸线悬崖的一部分，与法国加莱（Calais）隔海相望，崖面最高点达110米。

量了),此后又数次重印。它大受欢迎,或许是因为其观点、主题和形式的多样化。在当时的英国,没有作家拥有如此的活力,创作出如此风格迥异的作品。摩根从这本诗集的52首诗歌中挑选了21首,收录于《诗作新辑》中,基本上遵循了原来诗集中的顺序,当然也舍弃了很多优秀的作品。这本诗集展示了摩根在图像诗和声音诗方面有趣的探索。在《干扰:一个系列的九首诗》("Interferences: a sequence of nine poems", *Collected Poems*, p. 253)中,每首诗的最后几行中,交流都以失败告终。《首批电脑方言诗》("The Computer's First Dialect Poems")和《第一首电脑编码诗》("The Computer's First Code Poem")玩起了机器语言的游戏(*Collected Poems*, pp.276-77),《行程安排》("Itinerary", p.71)是一首以苏格兰的方言和风景构成的诙谐的表演诗。诗集中收录的《拳击手》("Boxers", *Collected Poems*, p. 271)探讨了长途电话交谈中由于误解所造成的潜在的滑稽效果,《孤独之心先生的信件》("Letters of Mr Lonelyhearts", *Collected Poems*, p. 271)则是关系破裂所造成的潜在的滑稽效果,这些诗作使得这本诗集变得更加轻松。《葫芦》("The Gourds")和《最后的信息》("Last Message")(*Collected Poems*,pp.261–62)进一步深化了他的科幻诗,正如他的《第五福音》("The Fifth Gospel", *Collected Poems*, p.259)中所展现的关于基督教的具有争议的能量一样。七十年代的摩根的读者一定很疑惑,多才多艺的他将走向何方。

《新的 Divan》(*The New Divan*, 1977)

摩根回到了过去,回到了在中东的战争经历,这对他来说,并不常见。那些年是一段充满了新奇经历与成长的岁月,但当时他并未将此段经历写进自己的作品,在其后的 30 年间也没有。然而,那段时期一直鲜活地留在他的记忆里。如今,受到 1973 年 10 月阿拉伯-以色列战争新闻镜头的影响,他开始频繁地做噩梦。在 1973 年 12 月 28 日至 1974 年 1 月 3 日之间的仅仅一周内,他就写了 20 首诗。这些诗将成为他长达一百节的战争诗《新的 Divan》("The New Divan")的序曲。还在继续创作这首诗时,他已将其中已经完成的部分送到了不同的诗歌杂志。这首诗的完整版首次与其他的诗歌一起于 1977 年由卡尔卡内特(Carcanet)以相同的名字出版。诗歌的标题有点奇怪,"divan"一词源阿自拉伯语,可用于指三种不同的东西:国务会议、沙发/床、诗集。这三种意义在这首一百节的诗中都存在,但同时也可能造成混乱。这首长诗,从整体上看,并没有如摩根自己所期待的那样,引发很多的讨论或是赞誉。后来他认为,这首诗应该作为一个单独的集子出版。

问题的一部分是由于其阿拉伯形式,因为摩根特意使用了中东"divan"不同的诗歌形式。在阿拉伯传统中,缺乏在西方传统中经常使用的叙事或是按时间为顺序的结构来支撑长诗。相反,它偏爱使用很多的意象和情绪,听众可以从中选择最符合他们自己的情绪或情形。而英国读者很自然地就会发现,很难把握诗歌中到底发生了什么,至少直到最后的几节,当摩根谈到他作为一名护理员的战争经历。我们可以以一种电影摄影学的方式来阅读这首诗,场景和个性栩栩如生地互相穿插、不同的故事情节将过去与现在贯穿起来。好几个事件发生在沙漠中的考古挖掘现场。其他的一些以城市为背景,发生于卧室或集市。有些诗节包括了摩根的战友;有些牵涉神秘的圣人或是预言家,可以观察到人类战争和激情的琐碎。他喜欢将这些诗歌或故事情节想象成似乎是在议会中彼此进行讨论一样。尽管整首诗歌没有一个统一的叙事结构,它以"有希望的天堂"结尾(paradise in prospect)。在诗歌的更早一些的地方,有一些因素暗示了一个心理上的进程:跨越重重困难,找到爱的力量;这种爱忠诚如一,不图回报。

这首诗太长了,没法收录在《诗作新辑》中。《新的Divan》开篇中另外一首有点长的诗是《地球的记忆》("Memories of Earth", pp. 87 - 98)。这首诗是来自另外一个宇宙的生物的科幻之旅。这些生物旅行到了一块石头中,他们从那里传送的一些信息被捕获到了。石头里面的是我们的世界,我们的宇宙,在那里,这些记忆不断地萦绕着那些探险者。这首诗或许是对他早些时候所创作的《阿恩海姆的领域》

("From the Domain of Arnheim")和《盾牌座星云》("In Sobieski's Shield")这两首诗的进一步发展。探险者是一些科学家,他们的任务就是冷静客观地将他们所观察到的东西记录下来,然后汇报给国会。不过,在和地球以及地球上的人们接触后,他们发现自己的个性被改变了。他们学会了不服从国会、提问以及将他们的发现隐藏于心中。

他们对于地球的有些记忆尤其难以忘怀,比如,对捷尔吉·多萨(György Dózsa)[1]的折磨和处决。多萨是匈牙利的一名重骑兵,曾领导农民反抗贵族。还看到一个人在山顶上,一定是浪漫派诗人威廉·华兹华斯(William Wordsworth)[2]。他经常带着狗外出散步时,大声创作诗歌。每当有人靠近时,狗便会大叫,

---

[1] György Dózsa(1470—1514):匈牙利人,领导农民反抗贵族,后被处死。在匈牙利首都布达佩斯,有以他的名字命名的广场、马路和地铁站。

[2] William Wordsworth(1770—1850):英国著名的浪漫主义诗人,1843年获得英国"桂冠诗人"之誉。其代表作是其自传体诗《序曲》("The Prelude")。

以示警告。在此,诗人正在诵读他的自传体诗歌《序曲》("The Prelude"):"一颗不断探索的心灵的象征,/一颗对黑暗的深渊沉思的心灵的象征[……]"(The emblem of a mind that feeds upon/ infinity, that broods over the dark abyss [...], p.91)。探险者还看到一个汽车电影院和一个集中营的毒气室。然而,在探索地球的过程中,他们渐渐地经历了(似乎是第一次),脆弱、美丽与英雄主义。南海的岛民乘独木舟跨越茫茫无边的大海时,仍然没有丢掉他们宝贵的品质,"一边划着,一边唱着"。这些探险者对地球上的居民深表同情与钦佩,他们发生了永久的改变。诗歌接近尾声时,他们获得一种"人类"的能力,可以对国会瞒天过海,将他们所记录下来的记忆,和从地球上带回来的孢子(spore)①样品进行匹配:

---

① spore:孢子是一种脱离亲本后能发育成新个体的单细胞或少数细胞的繁殖体。一般具有休眠作用,能在恶劣的环境下保持自有的传播能力,并在有利条件之下才直接发育成新个体。

> [……]赋予我们对地球的记忆
> 以生命,以此为生命之源,开始
> 寻求被斥责的苦痛与欢愉。

> [...] handing to our memories of earth
> a life we'll make a source of life, begun
> in purpose of rebuked pain and joy.

摩根这种利用神秘信息的意义来写作的方式在《混合的震教徒》("Shaker Shaken", p.101)这首诗中以一种不同的模式继续。该诗的第一节是1847年的一首美国夏克尔诗(Shaker poem),在一堆毫无意义的音节中间,出现了一个可以辨认的词语:"爱"。在接下来的四节中,摩根逐渐展示了一只老虎的形象,更多单独的词语出现了。显而易见,诗人决心要让我们,也让他自己,对人类的创造力持乐观态度。创作力包括戏剧导演、电影导演以及政治家可以为我们创造什么,比如,《关于约翰·麦克莱恩》("On John MacLean", *Collected Poems*, p. 350)赞扬了这位二十世纪早期的苏格兰激进社会活动家。

然而,整本诗集中最为强烈的一首诗或许是《世界》("The World", p.98),面对七十年代的黯淡,他不得不努力保持希望。他聪明地使用了双重否定来表示肯定:

> 我并不认为它不会向前,
> 尽管没有人说它是猎狗。
> [……]
> 我没有看见世界一无是处,
> 有人说混乱之中终有秩序。
> 全副武装毫无意义。

> I don't think it's not going onward,
> though no-one said it was a greyhound.
> [...]
> I don't see the nothing some say anything
> that's not in order comes to be found.
> It may be nothing to be armour-plated.

千面诗人埃德温·摩根

这首诗不易理解,高度浓缩,包含千变万化的场景和意象。从家庭的场景(At last someone got pushed mildly/ on to a breadknife)到宇宙的场景(the sun "projecting / a million-mile arm in skinny hydrogen / to flutter it at our annals")。生活可能会充满不确定性,也并非尽善尽美,似乎唯有一件事情确定无疑:"往昔并非我们的家园"(The past is not our home)。从中我们可以看到一种自由向前的决心,实际上,我们可以这样做:

> 我并不认为不完美
> 会令人伤悲,
> 真正令人伤悲的　莫过于太快无能为力。

> I don't think it's not being perfect
> that brings the sorrows in, but being soon
> beyond the force not to be powerless.

不言而喻,时间是我们的敌人。《新的 Divan》以关于死亡的思索结尾。爱或许能战胜时间，在《复活》("Resurrections", p.103)一诗中，诗人谈到了中国共产党的卓越领导人周恩来，在 1976 年去世后，遵照其遗嘱，将骨灰撒向中国大地("不知道他会吹到哪里/像种子，是种子"，Unknown he blows/ like seed, is seed [...])。摩根将此与耶稣的复活、鸟鸣和他自己坠入爱河、"开始一段崭新人生"的兴奋等等联系在一起。

这本诗集的结尾是一系列的十首非常美丽的《未写完的诗》(*Unfinished Poems*, *Collected Poems*, p. 373‑80)。这些诗是为他的朋友——诗人薇洛妮卡·福雷斯特-汤姆森而作。福雷斯特-汤姆森因服用过量药物，意外而亡。每一首诗，都用一种不同的方式，"未写完"，正如她短暂的生命戛然而止。这是一种特殊的设计，读者迫切地想将每首诗完成。同时，它也是一种拒绝让死亡变成最后一个词语的方式。

《冬天》("Winter")和其他的结尾

当然,也不可能对死亡置之不理。1977年9月,摩根写下了《死亡的好年份》("A Good Year for Death, *Collected Poems*", p.403),回忆了那一年去世的知名作家和歌手。诗作回忆了歌剧歌手玛丽娅·卡拉斯(Maria Callas, 1923—1977)、摇滚明星埃尔维斯·普雷斯利(Elvis Presley, 1935—1977)和马克·博兰(Marc Bolan, 1947—1977)、小说家弗拉基米尔·拉波科夫(Vladimir Nabokov, 1899—1977)及诗人罗伯特·洛威尔(Robert Lowell, 1917—1977)。每首诗都用中世纪的"ubi sunt"(来自拉丁语,意为"他们在哪儿?")形式写成,来怀念每个逝去的艺术家独特的才华,并以这句重复的诗行结尾:"死亡将她/他的才华带走"(Death has danced her/his tune away)。这是一种古老的形式,表达了对生命与美丽短暂易逝的哀伤。我们上面所提到的"复活"一诗中所指的爱情,指的是摩根与一个比他年轻的男子之间的情感。

此时的摩根已年近六旬,一定非常深刻地感受到他们之间年龄的差异,深知自己的余生,恰如秋季白昼,越来越短。

《冬天》(p.118)创作于1977年12月,色调黯淡,这对摩根来说,并不常见。该诗以维多利亚时期的诗人阿尔弗雷德·丁尼生(Alfred, Lord Tennyson)[①]所创作的《提索奥努斯》("Tithonus")[②]一诗开头的戏剧性的独白开始。在古希腊神话中,提索奥努斯被允许可以不死,却不能长生不老。在丁尼生的诗歌中,

---

① Alfred, Lord Tennyson(1809—1892):丁尼生是英国著名诗人,是继华兹华斯(William Wordsworth)之后的英国桂冠诗人。他去世后被安葬在了威斯敏斯特教堂的诗人角。

② Tithonus:在古希腊神话中,提索奥努斯原为人间的美少年。因黎明女神"艾奥斯"(Eos,相当于古罗马神话中的Aurora)爱上了他,于是她恳求至高无上的天神宙斯允许提索奥努斯不死。艾奥斯急忙赶去与提索奥努斯相会,却忘了求宙斯允提索奥努斯长生不老。艾奥斯只能无奈地看着提索奥努斯慢慢地老去,直到最后,萎缩成一只蟋蟀,丧失了说话的能力。艾奥斯只能将提索奥努斯关在笼子里,而他也只能用蝉鸣与她相伴。英国诗人丁尼生(Tennyson)在1833年创作了以"Tithonus"为题的诗歌,该诗最终于1859年完成。

提索奥努斯渴望死亡。这首诗的开头几行如下:

> 树木朽腐,树木朽腐凋零,
> 雾气悲叹,重负掉落地面。
> 人们来了,耕耘田间,长眠地下,
> 历经数夏,天鹅逝去。

> The woods decay, the woods decay and fall,
> The vapours weep their burthen to the ground,
> Man comes and tills the field and lies beneath,
> And after many a summer dies the swan.

摩根保留了丁尼生诗中秋天的场景,但很快便过渡到了冬天:

> 岁月逝去,树木朽腐,

数夏以后,死去。天鹅

在宾汉姆池塘中,一个魂灵,来了又去了。

去了,冰现了[……]

The year goes, the woods decay, and after,

many a summer dies. The swan

on Bingham's Pond, a ghost, comes and goes.

It goes, and ice appears [...]

摩根以双关语的形式对丁尼生的诗句做出了一些改动,似乎是在质疑这些变化是否值得,又或许他只不过是在玩点文字和标点游戏,以此来拖延去处理他心中所想。与丁尼生形成最鲜明对照的是,摩根以城市作为背景——不是人在田间耕作,而是城市里的雾又卷土重来,"驱赶着怪物沿着双车道前行"(drives monstrous down the dual carriageway)。他的公寓俯瞰着格拉斯哥"大西部路"(Great Western Road)的双车道,宾汉姆池塘(Bingham's Pond)就在附近。在《第二次生命》中,摩根笔下的六十年代的宾汉姆池塘代表了城市与情感的复活;如今,却是天壤之别。现在,对他而言,一切都是危险的、忧伤的,运用"s"头韵法(alliteration)①引发一阵紧张感:"一个荒凉的场景/被黄昏的叫喊声,被打斗的氛围所切断。/刀刃嘶嘶声得以逃脱[……]"(one stark scene / cut by evening cries, by warring air. / The muffled hiss of blades escapes [...])他找不到一小片蓝天,找到的只有自己的不确定。诗歌中最长的一行暗示了想要寻求一些正面积极的东西:"最亲爱的蓝色不在那,尽管诗人可以找到它"(dearest blue's not there, though poets would find it)。这一行不断地延伸,似乎看不到希望,突然被现实打断:"我发现了一个荒凉的场景"(I find one stark scene)。此时的诗人仿佛江郎才尽——一个真正的诗人当然能发现一片希望的蓝天,

---

① alliteration:西方诗歌的一种押韵形式,指的是一行韵文或一首诗的好几个单词的第一个辅音字母不断重复。

然而他发现的却是冰窗玻璃瞪着他正在书写的纸:"那个死灰色的冰窗玻璃/什么也没看见,什么也看不见的死灰色的冰窗玻璃"(that grey dead pane / of ice that sees nothing and that nothing sees)。此处两个否定的使用也无法达到一个肯定的效果。

当要为《诗歌选集》(Collected Poems)选择一句箴言时,摩根这样写道:"Beti zeru urdin zati bat dago: bila ezazu."他没有给出这句话的翻译。这是源自巴斯克语(Basque)①的一句谚语,意思是:"天空中总有一抹蓝色——去寻找吧。"如果在1977年的冬季,摩根没有发现一点蓝天,除了他变得更老了以外,一定还有什么其他的原因。那年的夏天,对他来说,过得并不开心。他公寓的墙面裂缝,正在修补,书籍堆得到处都是,家里的一切东西都蒙上了石灰粉尘。更为糟糕的是,他和约翰·斯科特去西班牙的特内里费岛

---

① Basque:巴斯克人是一个居住于西班牙北部以及法国西南部的民族。他们所使用的巴斯克语是一种孤立语言,与现存的任何语言没有发生学关系,其起源与系属目前存在争议。

(Tenerife)①度假,两人却发生了激烈的争吵。一年后,约翰死于癌症。在这之前,他们再也没有见过面。只要有人在他的房子里,即便是在另外一个房间,他也没有办法创作诗歌,因此,他独自居住。两个人尽管感情深厚,几乎每周都要见面,但每次外出度假,近距离地居住和旅行时,便会争吵。但这一次,摩根和约翰保持了距离,他不想退让,没做任何努力去缓和他们之间的关系。他永远无法原谅自己。透过《冬天》这首诗,我们发现,在与约翰阴阳两隔之前,摩根当时与他处于冷漠的分离状态。

《星门》(*Star Gate*,1979)

摩根将自己的部分悲伤倾注到了《星门:科幻诗歌》(*Star Gate*:*Science Fiction Poems*,1979)这本诗集中。这十四首诗歌既探索了原子的内部空间,如生

---

① Tenerife:特内里费岛是西班牙加那利群岛(Canary)七个岛屿中面积最大、人口最多的岛屿。

动的《粒子诗歌》("Particle Poems", p.104); 也探索了外空间, 如《太空之家》("A Home in Space", p.106)。这些诗行完美地联结在一起(一行的结尾, 便是下一行的开头, 延伸出另外一个方向), 反映了人类需要航行者, 前往"需要时间的空间, 需要生命的时间"。但时空中的生命也必须包含死亡。最后一个系列的一首诗《木星的月亮》("The Moons of Jupiter")将个人的悲痛置于宇宙之下。《木星的第一卫星》("Io", p.110)中星球的表面很可能就是约翰·斯科特生前所在的拉纳克郡(Lanarkshire)工业区(在一次严重的事故后, 煤炭工人在举行罢工), 同时它也犹如地狱(这些是硫矿)。举行过一场葬礼, "尽管不是敷衍了事, 却也空无一人", 现在"奇怪的星球人的笛声从悲伤的朋友们中响起", 进入到离家数百万英里之外的"湿冷的、稀薄的、充满灰烬的空气"中。最后一首《大熊星座》("Callisto"①, p.112)中, 月球被陨石

---

① Callisto:古希腊神话中的女神卡利斯托,因遭希拉之嫉被变成了熊,后天神宙斯遂置之于天上为大熊星座。另亦指木卫四星。

撞击，一片混乱，但仍无法阻止人类不断进行探寻："我们的脚，我们的搜寻，我们的歌"。生活必须要继续，然而这个星球上的坑坑洼洼、土堆小丘也在提醒着叙述者：

> 很久前地球上的一座坟冢，
> 拉纳克郡的强风
> 吹出的眼泪
> 是不愿让人看见的［……］

of one grave long ago
on earth, when a high Lanarkshire wind
whipped out the tears men might be loath
to show [...]

叙述者提到了他在坟墓旁，听着"敷衍的"（perfunctory）牧师，感到很羞愧（"敷衍"一词在《木星的第一卫星》一诗中曾使用过，在此再次使用。当然，摩根对于约翰的天主教的葬礼并不赞同）。他所有的心思都在想

"让我们争吵后分开的"点点滴滴。诗歌以尊严和无声的希望结尾：

> 这些
>
> 回忆，与爱恋，与星球人一同而去
>
> 带着责任，带着希冀，从一个卫星奔向另一个卫星。

> These
>
> memories, and love, go with the planetman
>
> in duty and in hope from moon to moon.

面向一个与众不同的苏格兰

二十世纪八十年代的诗歌

摩根的第一本诗集《三十年的诗作》(*Poems of Thirty Years*)出版于1982年。这些诗歌是为约翰·斯科特而作。诗集收录了1976—1981年期间创作的未收入其他诗集的36首诗歌,其中的12首后来再次收录在《诗作新辑》中。这些诗歌展现了摩根不同的情绪,有对声音的有瑕疵的意义的滑稽的探索,如《木乃伊》("The Mummy", p.114),有以诺曼·马切格(Norman MacCaig)①印错的标题"Little Boy

---

① Norman MacCaig (1910—1996):苏格兰诗人,1985年获得"英国女王诗歌金奖"(Queen's Golden Medal for Poetry)。

Blue"为基础而印出的("Little Blue Blue", p.122),亦有非常严肃的自我剖析的《煤炭》("The Coals", p.121)。在《煤炭》这首诗中,他对从母亲那里学到的自力更生与纪律进行了思索,认为"有好也有坏":

你把事情做完了

你觉得已把垃圾与黑暗抛弃

一件事儿接着一件事儿,

如果有人告诉你,这不过是徒劳而已,你偏怀疑,

最终痛苦地领悟,这才是真谛。

You get things done

you feel you keep the waste and darkness back

by acts and acts and acts and acts and acts,

bridling if someone tells you this is vain,

learning at last in pain.

有了这种心态,他发现最困难的事莫过于"原谅自己未曾做某事"(is to forgive yourself for things undone)。

这本诗集中最优秀的一些诗歌,展示了摩根运用戏剧独白以及叙事来尝试各种不同的自我与声音:剧作家莎士比亚、怪物格伦戴尔、故事大家杰克·伦敦(Jack London)①、杂技师保罗·奇科瓦里(Paul Cinquevalli)。这里的每一个人都是局外人。剧作家存在于舞台和礼堂之外;怪物遭人们回避,生活在黑暗之中;杰克·伦敦被描绘成一个被天堂拒之门外的人;保罗·奇科瓦里作为一名杂耍师,技艺超群,令人叹为观止,却在垂暮之时,别人避之唯恐不及。不难看出,在每个人身上,都能看到诗人自己的影子。

《指导演员演戏》("Instructions to an Actor", p.116)说的是莎士比亚在辅导年轻的男演员如何扮

---

① Jack London(1876—1916):美国二十世纪著名现实主义作家,其作品在全世界广为流传,代表作有《野性的呼唤》(*The Call of the Wild*)、《白牙》(*White Fang*)等。

演《冬天的故事》(*The Winter's Tale*)①这出戏剧中比较困难的角色埃尔米奥娜（Hermione），那个被冤枉的王后。人们都认为她已经死了，但事实上她没有，现在必要以一尊雕像重新出现，然后慢慢复活，给她现在非常悲痛的丈夫提供第二次机会。这里的焦点是如何在静止不动中表现出艺术才能，因为这个男孩在说出 80 行台词时，必须保持纹丝不动。这首诗也是对演员和作家所需要的信心的思索。莎士比亚对于自己的才华，毫无疑问（"哦，这是我打动他们的地方/就在他们的双目之间，我打动他们了——/我让死者走路"(O this is where I hit them/ right between the eyes, I've got them now- / I'm making the dead walk-)。但是他要依赖于，并且要鼓励一个年轻的演员，将这种至关重要的情绪变化展现出来："我没有什么/可以告诉你的呢，小子/但你必须要表现出来你已经原谅了他"(and there's nothing/ I can give you to

---

① *The Winter's Tale*：英国剧作家莎士比亚的戏剧作品。

say, boy / but you must show that you have forgiven him)。摩根对于自己性格的思索,在稍早一点的一首诗歌中,我们可以看出端倪:"原谅,就是这东西。它犹如第二次生命"(Forgiveness, that's the thing. It's like a second life)。再往前追溯,我们也可以看到类似的原谅的主题,在有关莎士比亚的另外一出戏剧《暴风雨》(*The Tempest*)①的第五幕第一场,第 195 行:"[……]我获得了/第二次生命[……]"。

一位知名的剧作家去教导一位籍籍无名的年轻演员,这种关系中的温暖与鼓励带有积极的意义:"我知道你做得到。——好吧,我们试一试?"(I know you can do it. —Right then, shall we try? p. 117)在 1980 年代,摩根自己也对很多年轻的苏格兰诗人进行过指导。他也同样从事了很多与戏剧有关的工作:改编了《苹果树:一出中世纪的荷兰戏剧》(*The Apple Tree: a medieval Dutch play*, 1983)、《彼特·帕特林大师》(*Master Peter Pathelin*, 这是为一个叫"中世纪

---

① *The Tempest*:英国剧作家莎士比亚的一出悲喜剧。

的表演者"的团体从法语所做的翻译),以及肯尼斯·雷顿(Kenneth Leighton)①的歌剧《哥伦比亚》(*Columbia*,1981)。他在戏剧方面的工作一直延续到1990年代。

《格伦戴尔》("Grendel",p.123)是居住在沼泽地的怪物,来源于古英语史诗《贝奥武夫》(*Beowulf*)。摩根从战争服务归来后就翻译了这部长诗。一方面,他为诗中的语言所吸引;另外一方面,诗中所表现出来的隔绝感引起了他的共鸣,比如,他所翻译的"航海家"(The Seafarer)和"流浪者"(The Wanderer)。作为一名同性恋,他当时的处境与此类似。前面已经提过,1967年同性恋在英格兰和威尔士合法化,但直到1980年苏格兰才通过法律,确定了同性恋的合法地位。或许这一变化让摩根想起了自己作为一个局外人所生活的60年时光。格伦戴尔被描绘成一个旁观者,置身于宴会大厅,凝视着一个崇尚勇士的社会中,

---

① Kenneth Leighton(1929—1988):英国作曲家和钢琴家。

男性生活中的肉体特征及尚武的能量。"谁会是男人?"格伦戴尔不禁想到,"谁会是那只冬天的麻雀/夜晚误入有灯的大厅/拼命地惶恐地乱扇着翅膀"(Who would be the winter sparrow / that flies at night by mistake into a lighted hall/ and flutters the length of it in zigzag panic),想找到一个出口,飞往黑暗中的安全之地?诗人将麻雀的飞行与人短暂的生命相类比,从黑暗中而来,经历短暂的光明后,又消逝于黑暗之中。这一类比的灵感来自古英语时代的僧人及历史学家比德(the Venerable Bede)[1]。格伦戴尔对于普通大众以及他们令人惊骇的才华,一方面深受吸引,一方面又很排斥。这两种情感之间的巨大张力正是这首诗的动人之处。

《杰克·伦敦在天堂》("Jack London in Heaven", p. 124)这首诗向我们展现了另外一个自我。

---

[1] the Venerable Bede(约 673—735):英国盎格鲁-撒克逊时期编年史家、神学家、僧侣,一生都在英格兰北部的一家修道院度过,被尊称为"英国历史之父"。

面向一个与众不同的苏格兰

杰克·伦敦(1876—1916)是一位探险家、水手、探矿者,在很大程度上依靠自我学习,成为了一个社会主义的记者与杰出的故事讲述者。该诗将他设置在天堂,与天使长展开辩论,反对祈祷与崇拜的制度。他是一个"被宠坏的天使",早些时候,永远只是透过云层,向下凝视他曾航行过的旧金山湾的水域,或是与朋友喝喝酒、钓钓鱼。他会以那个粗糙的男性世界为基础创作小说。他仓促备考,想进入大学,最后却"登上了一艘船,趁着落潮/独自到了一个没有任何书本的地方"(took a boat on the ebb/ to be alone where no book ever was)。因此,虽身在天堂,却渴望地球:"他们不可能给我一个天堂/像急潮与农夫/和一只破了指甲的手"(they cannot make me a heaven / like the tide-race and the tiller / and a broken-nailed hand [...])。这首诗不仅仅反映了摩根长久以来对于传统宗教的不满,也让我们看到了他对于航行、自由与大海的热爱。他很高兴地发现英国异教徒白拉奇(Pelagius)[①]的拉丁名字是他的名字"摩根"的翻译,意

---

① Pelagius (约360年—约420):基督教神学家、修道士。

思为"广阔大海上的漫游者"。白拉奇否认原罪教义，认为人性天生善良，崇尚自由。

《奇科瓦里》(p.127)是一首优秀的诗作，探讨的是稍纵即逝的声名，同时也让我们思索：一个才华横溢的、意志坚定的艺术家，表面上看起来拥有超人的技能，但这些技能背后真正的源泉是什么。这首诗很快便引起了摩根的共鸣。他在一张旧的明信片上看到了这个维多利亚时代的杂技师与杂耍师，产生了兴趣。在奇科瓦里生活的年代，他是音乐厅的名人，可1918年去世后，仅仅60年的时间，就几乎被人们遗忘。正是"一堆谜团"(bundle of enigmas)激发了诗人对这位表演者的兴趣："一半是农牧人，一半是军人；杏色的眼睛，卷卷的头发／中规中矩的胡子［……］一半勉强，一半好斗／一半英俊，一半荒谬"(Half faun, half military man; almond eyes, curly hair, / conventional moustache [...] half reluctant, half truculent, /half handsome, half absurd [...])。诗歌详述了奇科瓦里从吊扛上摔下，尚在恢复期时，便开始杂耍。历经无数挫折与不幸，通过大量练习，他的杂耍技艺日臻完善。摩根擅长文字,正好与杂耍者令人惊叹的技艺相匹配。

《奇科瓦里》这首诗所展现出来的杂耍技艺与诗歌创作可以相提并论。能够让台球叠加起来,并取得平衡,是因为"球体是绝对真实的。/他没有欺骗。他是真真实实的"(the spheres are absolutely true./There is no deception in him. He is true)。高超的技艺,不论是体育的,抑或诗歌的,都不可以造假。只有通过诚实地、不懈地写作与想象,摩根方能实现其创作潜能。然而,这首诗也同时表达了对时间流逝的无奈以及随着年龄的增长而被抛弃的伤感。在第一次世界大战期间,奇科瓦里被他的邻居认为是德国间谍,只因他有一个波兰名字。就在停战条约签署不久前,这个"拥有高超平衡技能与强大力量,给人们带来许许多多欢乐的"人"在他的棺材里被摇摇晃晃地"放下,"直到泥土里"(of balance, of strength, of delights and marvels, in his unsteady box at last into the earth)。

《苏格兰十四行诗》(*Sonnets from Scotland*, 1984)

在八十年代,摩根尝试了不同的"身份",如剧作家、局外人、反叛者以及娱乐人士,或许他是在试探自己的才华。刚从大学教职中退休,终于和一个代表了某种情感安全的人分开,他可以将全部的精力投入到苏格兰的文化与政治中。七十年代对于摩根,是一段并不开心的岁月。雪上加霜的是,苏格兰人民投票决定是否将政治权利从伦敦下放到苏格兰议会,可惜因票数不够,以失败告终。

《苏格兰十四行诗》这本诗集中的作品在部分上回应了这一政治上的挫败。摩根感觉到,对这次事件的结果不悲观失望十分重要,相反,他认为,这对于作家而言,是一次机遇,能够帮助他们在自己的作品中塑造更为自信的苏格兰身份。在八十年代,阿拉斯达尔·格雷(Alasdair Gray)①、詹姆斯·科尔曼

---

① Alasdair Gray(1934—):苏格兰艺术家和作家,其文学作品结合了现实主义、幻想及科幻小说,同时他的绘画、素描及版画也被广泛收藏。

(James Kelman)[①]、汤姆·伦纳德（Tom Leonard）[②]及利兹·洛赫希德（Liz Lochhead）[③]等格拉斯哥的作家均有重要的作品出版，《苏格兰十四行诗》便是在这种氛围下创作的一部分。这一系列的诗歌创作始于1982年，第一首是"索尔威运河"（The Solway Canal, p.149）。该诗是一个想象中的未来之旅，乘着水翼船，沿着一条想象中的英格兰与苏格兰的分界运河前行。这或许揭示了这一系列诗歌背后的政治动机。

最后，总共有52首十四行诗，外加封底上的一首赞扬马里斯卡特出版社（Mariscat）的。封底上的这首诗是献给哈米什·怀特（Hamish Whyte, 1947— ）的，他是格拉斯哥的一位图书管理员，后来成为摩根作品的书目编著人，并透过他自营的马里斯卡特出版

---

① James Kelman（1946— ）：苏格兰小说家及诗人，同时也是一名苏格兰独立运动的支持者。

② Tom Leonard（1944—2018）：苏格兰诗人、作家及评论家。他最出名的是用苏格兰方言创作诗歌。

③ Liz Lochhead（1947— ）：苏格兰女诗人、剧作家及翻译家。2011—2016年期间为苏格兰桂冠诗人。

社,成为摩根作品在苏格兰的出版人。诗集的题词也有其政治意图。使用的是德国共产主义剧作家贝托尔特·布莱希特(Bertolt Brecht)[①]的作品《高加索灰阑记》(*The Caucasian Chalk Circle*,1954)中的一句话:"O Wechsel der Zeiten! Du Hoffnung des Volks!"(时代变化吧!给人们带来希望吧!)因此,苏格兰也仍然还有希望,但只有头脑中一直拥有时间的观念才会有希望。这就意味着生活在这片日益变化的土地上的人们,必须借由想象与学习,去了解和熟悉过去的、现在的和将来的苏格兰。题词并没有译文。诗人或许想借此暗示:苏格兰想要真正充满信心与独立精神前行,就应该去发现他们自己的世界,去发现世界的文学和其他的政治制度。

《石板》("Slate")与其他十四行诗

这个系列为何以《石板》("Slate", p. 130)这首诗

---

① Bertolt Brecht (1898—1956):德国戏剧家、诗人。

面向一个与众不同的苏格兰

开头？该诗以一个悖论开始，声称："没有开始"。所以诗人所指向的不仅仅是苏格兰所在的未知的广阔的时空，而且或许也是这个国家矛盾的本质。从地理上讲，十分古老；从政治上讲，也相当古老（在七个世纪以前的苏格兰独立战争[①]中就获得了来之不易的独立国家的地位）。然而，随着1707年联合法案（The Act of Union of 1707）[②]的生效，苏格兰成了一个"联合王国"的一部分。这首诗的部分意义在于探索苏格兰故事的不同版本，谈论了一些标准的历史中鲜有提及的人物。其间也不乏一些想象的苏格兰未来可能的轨迹，独立于我们今天已知的短暂的历史之外。

[①] the Wars of Independence：苏格兰独立战争指的是在十三世纪末和十四世纪初苏格兰王国与英国王国之间进行的一系列战争。战争结束时，苏格兰保持其独立国家的地位。

[②] The Act of Union of 1707：指的是1706年和1707年英格兰国会和苏格兰国会分别通过的国会法案。当时，英格兰王国和苏格兰王国举行谈判，订立了《联合条约》(*Treaty of Union*)，其条款在上述两个法案中以法律形式得以确定，最终两个王国联合成大不列颠王国。

该诗标题中的"a clean slate"和"put it on the slate"也含有几层重要的意思。前者可指重新开始,留下一个可以写下新信息的空白的地方;后者是指记录下我们的债务。因此,这些十四行诗将会为我们提供不同的看待苏格兰的方式,以及如何铭记我们所亏欠的那些曾经在这片土地上生活过的人们。摩根选择将这首诗放在诗集的开篇,或许他也是想记住他在孩提时代,用一支石头铅笔在一块石板上,如何学习写字的。2004 年,他为工人剧院团体设计了一出社区戏剧,在节目的注释中,他描述道:"这是一个启示/单词出现时/在一片地上写着/在另一片地上写着[……]"(It was a revelation/ When words appeared /Writing on a piece of earth /With another piece of earth [...])《苏格兰十四行诗》这本诗集将会描述苏格兰所称为"家园"的这片土地上的多姿多彩与各种潜能。

这首十四行诗中看见路易斯岛(Lewis)和斯塔法岛(Staffa)形成的"我们"究竟是谁?看着"冰丘蓝蓝

的/如瘀青,如肉桂被磨碎"(Drumlins blue as/ bruises were grated off like nutmegs [...])的"我们"又是谁?这些存在让我们有机会去欣赏颜色与其他的感官细节("如瘀青的蓝色"带给我们一种近距离的触感),同时又能让我们超越时间,能够看着千年逝去,"万年的雨滴、暴风雪与惊涛拍岸"(tens/ of thousands of rains, blizzards, sea-poundings [...])。他们是时间旅行者,他们所记录下的点点滴滴便构成了这首诗。他们对侵蚀过程与地质变化提供了非常好的评论,假以时日,这些变化又将会通过泥土的改变而成为岩石,还会创作出人类及其记忆。但"这终将到来"(That was to come)。在这个系列的开头,我们还处于石头世界,"腹中空空,饥饿难耐"(empty hunger)。或许这个坚硬的"燧石、白垩与石块"的世界正在渴望人类的居住。为了让我们看到苏格兰给我们提供了什么,我们受邀继续阅读,跨越史前时代进入古代历史与神话时期,然后继续向前,迈入现代及将来。就像前面一首诗《在电视机里》("At the Television

Set", p. 61),所发生的每件事似乎在时间上都存在关联,这些事件被编码在那里,最终会被人们所了解。

因此,《苏格兰十四行诗》这本诗集将摩根的主要兴趣集中在一起:科幻,穿越时光与困难区域的旅行,苏格兰及其历史,核战争的毁灭性,作家、哲学家及科学家的著作与生活等等。在此,我们看到摩根作为一名国民诗人的担当,作为一名师者、作为国家记忆与警示的源泉。所有这些人都在苏格兰,他说道:"塞非里斯、格兰治夫人、埃德加·爱伦·坡、托马斯·德·昆西、庞提乌斯·彼拉多、泰特、詹姆斯·赫顿及索洛维约夫"(Seferis[①], Lady Grange[②],

---

[①] Seferis (1900—1971):全名是 George Seferis,希腊诗人、外交家。1948 年以后从事外交工作,先后出任希腊驻叙利亚、约旦、伊拉克、英国大使。

[②] Lady Grange (1679—1745):全名是 Rachel Chiesley,苏格兰格兰治勋爵(Lord Grange)的妻子。后因揭发其丈夫叛国,而遭其绑架,并被关押在苏格兰西部的一些偏远的地方,长达 13 年,直至去世。

面向一个与众不同的苏格兰

Poe，De Quincy①，Pontius Pilate②，Tait③，Hutton④，Solovyov⑤)。你不知道他们是何许人吧？好吧,那就自己来发现吧！在这一过程中,了解并更珍爱你的国家。摩根的朋友、学生及同事也在这里,以他们姓名首字母的形式向他们致意,表示他们共同的兴趣或是共同进行的项目。在苏格兰可以听到不同的语言：皮克特语(Pictish)、拉丁语、法语及(格拉斯哥的)苏格兰语。诗人不同的情绪也得以记录下来。在《死亡之后》("After a Death"，p.143)中,他在书桌旁

---

① De Quincy(1785—1859)：全名是 Thomas de Quincy，英国散文家。

② Pontius Pilate(公元前 12—?)：罗马帝国时期犹太省的总督,约 26—约 36 年在任。他最出名的事迹是判处耶稣钉十字架。

③ Tait (1831—1901)：全名是 Peter Guthrie Tait,苏格兰数学物理学家,热力学先驱。

④ Hutton (1726—1797)：全名是 James Hutton,苏格兰地质学家、医生、博物学家、化学家及实验农场主。

⑤ Solovyov (1853—1900)：全名是 Vladimir Solovyov，俄罗斯哲学家、神学家、诗人及评论家。

写作，被时光旅行者看到，处于一种自我批评的情绪之中："自私、无情，他/利用人们，漂浮在充满激情的茫茫大海（selfish, ruthless, he/ uses people, floats in an obscure sea/ of passions [...])"。从某种程度上来说，他得到了救赎，通过经历"在寒冷的卡卢克镇的泥土里，永远的爱"（what is eternally due / to love that lies in earth in cold Carluke）。在《城市里的诗人》("The Poet in the City", p.144）中，旅行者停下了脚步，发现他"很孤独，但很快乐/在安妮斯兰区，你开心，就会赢，/我们想象，累积的恐惧如长矛阵形"（solitary but cheerful in / Anniesland①, with the cheerfulness you'd win, / we imagined, through schiltron of banked fears）。

"schiltron"指的是长矛阵形。由布鲁斯（Bruce）和华莱士（Wallace）首先在战场上使用，后来在苏格兰独立战争期间，在对北欧海盗、盎格鲁-撒克逊人及皮克特族人的军事斗争中，再次得到应用。现代军事运

---

① Anniesland：苏格兰格拉斯哥的一个区。

用及其后果出现在《目标》("The Target")、《辐射尘之后》("After Fallout")和《电脑错误：中子袭击》("Computer Error：Neutron Stike")(pp.146-47)等诗中。在好几首十四行诗中，号角声渐渐被听到。这是战争的号角吗？在最后一首诗《召唤》("The Summons")的最后一行，其目的才显现出来："一声遥远的号角去打破人们的睡梦"（A far horn grew to break that people's sleep, p. 151）。

到了此时，旅行者们不愿离去。就像在稍早些的《地球的记忆》("Memories of Earth")中的那些探险者一样，他们就这样爱上了这片土地和生活在这片土地上的人们：苏格兰"好像一块我们无法清除的写了字的石板，/无法阅读、书写/我们的答案于此[……] (like a slate we could not clean/ of characters, yet could not read, or write / our answers on [...])"。因此，开篇诗歌的石板上刻上了一段感人的历史，更加令人期待，正因为其中的一部分尚未到来，即便是这些遥远的旅行者也还未曾体验过。事实上，整个系列中这个地方都拥有一种神秘的吸引力。到访此地

千面诗人埃德温·摩根

的人们感受到了,八十年代读这些诗作的读者也同样感受到了。正如小说家、诗人詹姆斯·罗伯特森(James Robertson)[①]所回忆的,在收录了摩根最喜爱的 50 首诗作的《从土星到格拉斯哥》(From Saturn to Glasgow,2008)中,"苏格兰十四行诗":

> 在一段政治上令人沮丧的岁月里,阅读起来令人振奋。摩根似乎重新发明了苏格兰的过去、现在与将来。在"硬币"(The Coin)空间,旅行者发现了一枚硬币,这是一个曾经存在的国家——苏格兰——的遗物,但并非一个还未形成的苏格兰。诗中问道,这样的苏格兰我们是否可以达到?它将持续多久?然而最后几行中展现了巨大的乐观主义精神,每每读及,都会让我充满希望与快乐。

硬币的一面印有"一英镑",另一面"苏格兰共和国"。

---

① James Robertson(1958—):苏格兰小说家、诗人。

每个读者都能发现他们喜爱的作品,会一读再读:《福廷格尔的彼拉多》("Pilate at Fortingall")①、《地球理论》("Theory of the Earth")、《硬币》("The Coin")、《索尔威运河》("The Solway Canal")、《在木星上》("On Jupiter")及《黄金时代》("A Golden Age")。因此,太空旅行者们对这片土地所感受到的神秘的吸引力,也延伸到了这本诗集许许多多读者的心中。同样神秘的是摩根所使用的押韵技巧,机智熟练,使得其十四行诗生动自然,毫无斧琢的痕迹。

《从录像盒》(*From the Video Box*,1986)

在现实的生活中,摩根继续痴迷于科技的变化。电视、录像及卫星转播都吸引了他的目光。电视节目《第四频道》(Channel 4)设立于 1982 年,当时的一个创举便是在主要的城市使用"录像盒"。这就使得观

---

① Pilate:源于《圣经》,指的是钉死耶稣的古罗马总督。Fortgingall:福廷格尔是苏格兰高地的一个小村庄,盖尔语的意思为"悬崖下的教堂或陡坡"。

千面诗人埃德温·摩根

众可以对节目展开评论，之后，再对镜头进行编辑成"有权回应"(Right to Reply)。《从录像盒》这本诗集便是观看这一节目所得到的灵感，这也是马里斯卡特出版社所出版的摩根的第二本诗集。正如我们所看到的那样，摩根喜爱以系列的形式写作诗歌，马里斯卡特出版社会以限量版定期出版这样的著作，通常是以小册子的形式。这些小册子，连同他一些独立的诗作，会被收集在一起，送往卡尔卡内特(Carcanet)出版社以书籍的形式出版，推向更大的英国及国际市场。这也就意味着，摩根的作品可能更频繁地为当地出版社推出，面向苏格兰本地的读者。如果摩根经常有一段时间没有作品出版，对他们的鼓励不会如此巨大。

《从录像盒》这本诗集包括27首诗歌，按三个主题排列。诗作呈现了观众对于节目的评论，涉及书籍、刮刮视频(scratch video)①、彩电、莎士比亚、非电视节

---

① scratch video：是二十世纪八十年代早期至中期在英国出现的视频运动。其特点是运用"寻获资料片段"(found footage，一种电影或电视剧的拍摄手法或片种，表现形式通常被设定为遗弃或丢失，后被重新发现的录影)及快速剪辑等，以挑战传统的广播电视制作。

目、潜意识的意象或信息、特别的电视或录像的发展、卫星电视以及喜爱的节目等等。当然,这些评论来自"节目"的"观众",每一个评论都是诗人丰富想象力的结果。或许是受篇幅所限,《诗作新辑》这本诗集中仅仅收录了这一系列中(有关最喜爱的诗歌)的三首诗歌,其中包括这首受到许多诗人的推崇的《从第25个录像盒》("From the Video Box" 25,p.152)。

在这首诗歌中,摩根聚焦于"那个奇怪的拼图游戏的世界"的冬天,假定是要在电视上播放的。他是"一个没有国家的人[……],渺小、黑暗、机敏、沉默寡言",经过了思想高度集中的几天几夜后,终于能够完成大西洋中部一片毫无特点的区域的空中形象的拼图:"将那片不人道的、粗野的残余拼在一起"(to press that inhuman insolent remnant together)。这首诗的这一总结或许使它似乎成了最单调乏味的电视节目,但摩根很好地控制了比赛的节奏、紧张感以及细节,将它变成了一场生动的、富有创造力的脑力游戏,不紧不慢,耐心十足地将决心、耐力与智力融为一体,从点点滴滴的细节入手,到最后呈现出一件完整的、富有意义的艺术品。这首诗对诗人，或许具有吸引力，因为它关乎想象力——这是一种创造画面的能力，不是凭空创造，而是从或真实或想象的片段中，从明喻和暗喻在读者脑中所产生的意料之外、通常具有画面感的比较中。

《关于变化的主题》(*Themes on a Variation*, 1988)

卡尔卡内特出版社推出的摩根的下一本诗集便是《关于变化的主题》(1988)。这本诗集包括了《苏格兰十四行诗》和《从录像盒》里面的诗歌，以及50首"新闻诗"(Newspoems，1965—1971)。这些新闻诗是从报刊文章、广告标题或文本中剪辑出来，常以一种诙谐的方式，来表达隐含的信息。这些诗歌所标示的日期，显示它们是在摩根创作图像诗的时期，但差不多20年后，摩根才将它们面世，这说明了他坚定不移地不仅仅要反思生活的多种多样，而且还要展现他对这种多样性的回应。大多数艺术家（他可能是在暗示）能够对同一个主题创作出风格多样的作品，但他自己更愿意将风格多样本身作为一个主题。这种方式的好处是能给他的读者提供了启发,不好之处是自己容易受到别人的抨击,批评其作品缺乏深度——不是对某一问题进行更深度地挖掘,而是不断地尝试新的问题。似乎有点先发制人,《关于变化的主题》这本诗集的第一首诗歌《地下水探寻者》("The Dowser", p. 156),取自爱尔兰地下水探寻的真实经历,但置换到了四十年代他自己在北非沙漠的经历。也有一首非常"政治错误"的诗歌《侏儒抛掷规则》("Rules for Dwarf Throwing"①, p.158),它是对"健康与安全"规则的一个滑稽的讽刺。这些规则限制了现代生活的许多方面(其灵感来自行政部门杂志上刊登的一篇文章)。

从《关于变化的主题》中选取的收录到《诗作新辑》中的最后一首诗歌是《亲爱的男人,我的爱如潮水》("Dear man, my love goes out in waves",

---

① Drawf throwing:是一种在酒吧等场合出现的游戏,让侏儒穿上特殊的服装,由参加者将他们扔向床垫或墙壁。

p.157)。这是他关于愉快的爱情一组诗中最为有名的一首。这些诗歌韵式简洁,但与其较早的爱情诗歌相比,在情感方面似乎没有那么浓烈。1990 年在他 70 岁生日之际,他决定"出来",以一种公开的方式承认自己是一名同性恋。或许,这有点姗姗来迟,但对于一个冒着曝光,甚或锒铛入狱的危险,生活了这么多年的人来说,这的确是大胆之举。他和他同时代的人一样,多年来不得不隐瞒自己同性恋的身份。小说家、诗人克里斯托弗·怀特(Christopher Whyte)①对摩根进行了采访,其内容以"来自未曾声明的事情的力量"(Power from things not declared)为题,发表于由哈米什·怀特(Hamish Whyte)(Polygon,1990)编辑的《没有不传递信息的:埃德温·摩根,著作与生活反思》(*Nothing Not Giving Messages: Edwin Morgan, reflections on work and life*)这本书中。该书收集了对摩根所进行的一些采访,以及 18 篇

---

① Christopher Whyte(1952—):苏格兰小说家、诗人、翻译家及评论家。

他有关翻译与诗歌的文章、论述及演讲。这本书,以及另外两本——由罗伯特·克劳佛(Robert Crawford)①和克里斯托弗·怀特编辑的《关于埃德温·摩根》(*About Edwin Morgan*,Edinburgh University Press,1990)以及由卡尔卡内特出版社出版的一本新的《诗歌选集》(*Collected Poems*),是为了庆祝他七十大寿。摩根在他 70 岁生日之前,正在着手一本有关"社会主题"的包含 70 首诗歌的诗集。这本诗集取名为《在原子世界携手》(*Hold Hands Among the Atoms*),出版于 1991 年。到八十年代末期,苏格兰已不是往日的模样。它经历了由玛格丽特·撒切尔(Margaret Thatcher)②首相所领导的保守党政府所进行的经济改革,抑制了通货膨胀,从长远来看,促进

---

① Robert Crawford(1959—):苏格兰诗人及评论家。现任教于苏格兰的圣安德鲁斯大学(The University of St. Andrews)。

② Margaret Thatcher(1925—2013):英国第一位女首相。1975—1990 年为保守党领袖,1979—1990 年为英国首相,是 20 世纪英国连任时间最长的首相,曾被称为"铁娘子"。

了经济的发展,但也导致了失业率上升、国企的私有化加剧了与工会的摩擦。所有这一切都违背了拥有更加左翼价值观的苏格兰选民的意愿。对于摩根而言,九十年代末期,东欧共产主义的瓦解也对他的社会主义观念构成了挑战。摩根从来未曾在支持共产主义上,像休·麦克迪米德那样成为一个教条主义者,他更喜欢根据不同的国家与情形,来判断共产主义的影响。他到访过俄罗斯,以及许多从1945年以来共产主义一直占统治地位的一些东欧国家,如匈牙利、波兰、捷克、前南斯拉夫、罗马尼亚和阿尔巴尼亚。这些国家一夜之间分崩离析,让摩根深受震动。或许,更让他震动的是被压制了太久的东正教或天主教的复苏。

摩根对于这些国家的认知,在很大程度上,来源于从五十年代以来,他所翻译和评论的这些国家的文学作品。或许,是时候来看看他的翻译作品了。到底是哪些诗人让他耗时数小时、数日来翻译其作品?为什么这些人对他来说如此重要?

翻译作品:有关诗歌主题的变体

埃德温·摩根是一位令人震惊的翻译家。他的《翻译诗歌集》(*Collected Translations*, Carcanet Press, 1996)厚达487页,仅仅只比他同一年再版的平装本《诗歌选集》(*Collected Poems*)少近一百页。当然,他非常希望这两卷著作能够被大家认可为他作为诗人的两个不同的纬度。他尤其以翻译东欧国家的诗人而著名,比如俄国诗人鲍里斯·巴斯特纳克(Boris Pasternak)[①]、弗拉基米尔·马雅科夫斯基(Vladimir Mayakovsky)、安德烈·沃兹涅森斯基

[①] Boris Pasternak(1890—1960):俄罗斯诗人、小说家及文学翻译家。1958年获得诺贝尔文学奖,当时的苏联共产党强迫他放弃领取该奖,但其后代在1988年以他的名义领取了这一奖项。

(Andrei Voznesensky)[①]以及匈牙利诗人桑德尔·维欧莱斯(Sándor Weöres[②],1913—1989)、拉乔斯·卡萨克(Lajos Kassák,1887—1967)及阿蒂拉·约瑟夫(Attila József,1905—1937)。他从俄语及匈牙利语翻译到英语时所使用的翻译技巧,从五十年代后,得到了两国诗人及编辑的认可。与此同时,他获得了一些奖项,如1997年获得了"匈牙利大十字奖"(Hungarian Grand Cross),以表彰他对匈牙利文学所做出的特殊贡献。他从西班牙语翻译的作品没有那么有名,所翻译的作品从十五世纪的西班牙浪漫文学到十六世纪的加西拉索·德·拉维加(Garcilaso de la Vega),从十九世纪的加利西亚语诗人罗萨莉娅·德·卡斯楚(Rosalía Rita de Castro,1837—1885)到二十世纪的加西亚·罗卡(García Lorca,1898—1936)、路易斯·塞努达(Luis Cernuda,1902—1963)和巴勃罗·聂鲁

---

① Andrei Voznesensky(1933—2010):苏联及俄罗斯著名诗人及作家。

② Sándor Weöres(1913—1989):匈牙利诗人、作家。

达(Pablo Neruda)①。在六十年代,他从葡萄牙语翻译的巴西圣保罗的"诺伊甘德勒斯团体"(Noigandres group)的图像诗,包括哈罗德和奥古斯托兄弟(Haroldo and Augusto de Campos)和艾德加德·布达加(Edgard Braga)②。这些名字当然不是一个完整的名单,即便对于他相对来说翻译得不是很多的西班牙和葡萄牙的作品,亦是如此。《翻译诗歌集》的目录中,我们可以看到他涉及的诗人多达67位,还有很多他翻译过却并未收录的诗人。尽管如此,也足以说明摩根一生在涉及其他语言的诗歌方面的广度。此外,他还从法语、德语、意大利语、拉丁语、希腊语和古英语翻译过作品。

摩根最先尝试翻译是在高中时期,翻译的是法国诗人保罗·策兰(Paul Verlaine)③的作品。这段时间也是他诗歌创作的开端,他的这种将诗歌创作与诗歌

---

① Pablo Neruda(1904—1973):智利外交官及诗人,1971年获得诺贝尔文学奖。

② Edgard Braga(1897—1985):巴西现代派诗人。

③ Paul Verlaine(1844—1896):法国诗人。

翻译相结合的模式,持续了终生。更为准确地说,每当他没有创作之时,常常会转向翻译;或者,当他开始在大学教书之初,从教学模式切换到写作模式时,翻译也常常为他提供创作的灵感。而这一时期,也正是他最为旺盛的创作期,他的大部分诗歌也都写于这段时期。

翻译的某些功能

在摩根的创作与情感生活中,翻译似乎承担了不同的功能。这些功能可以被划分为一般的以及更为个人的功能。

从一般的功能上来讲,翻译是一种快速拓宽弱小国家文学的方式,可以让读者有机会接触多种多样的文本与风格。从很早时候开始,苏格兰的作家们就一直在从事这样的工作。其中最有名的例子可能就是加文·道格拉斯主教(Bishop Gavin Douglas)[①],他将

---

① Bishop Gavin Douglas(约 1474—1522):苏格兰主教、诗人、翻译家。

翻译作品：有关诗歌主题的变体

罗马诗人维吉尔（Virgil）的史诗《埃涅阿斯记》（Aeneid）①翻译成了苏格兰方言。这部译作大约完成于1513年，《埃涅阿斯记》这部经典著作的中世纪的苏格兰语版本是不列颠群岛出版的第一本部完整的译文。这一过程一个很重要的文化意义在于翻译不仅仅是借用其他作家的内容。找到与原诗中在语言或风格上对应的表达方式，常常会让诗人拓展自己的语言去面对原语的挑战。

其次，对于摩根来说，翻译意味着给苏格兰提供有关现实与艺术的国际化与现代化视野。即便只是在网上搜索一下他所翻译的那些诗人的细节，便已是一种教育经历。这些名字给我们打开了通向其他国家，尤其是东欧国家，政治、历史及文化的窗口。在他看来，文化运动的价值在英国，尤其在苏格兰，被低

---

① Aeneid：诗人维吉尔于公元前29—19年创作的史诗。传说中，埃涅阿斯是古希腊的城邦特洛伊的王子，曾在荷马史诗《伊利亚特》中出场。诗人维吉尔将特洛伊的毁灭、埃涅阿斯的逃亡与罗马的建立联系在一起，创作了罗马史诗《埃涅阿斯记》。

千面诗人埃德温·摩根

估,其价值可以遵循翻译的轨迹来进行探索——结构主义、超现实主义、图像诗运动或极简主义(minimalist)①。他们显示了艺术的倾向,对世界文化都产生了影响。

因此,摩根的翻译作品可以看作是其现代性的彰显。现代主义的作家为了表达现代文化的剧烈变化与碎片化,通常会使用多重视角、参照物、来自不同时空的知识碎片作为其写作策略。现代主义是一个复杂的现象,在十九世纪的后几十年到二十世纪的前半叶,经历了许多的变化。但从整体上来说,是对现代通讯方式及不断变化的科学及哲学观念的回应。其中,通讯方式不仅仅包括报纸等印刷媒体,也包括电报及传播科技;科学及哲学观念涉及宇宙中人类的位置以及语言自身的本质。所有这一切让摩根不断地在形式与风格上进行多种尝试。列举现代主义的这

---

① Minimalist:极简主义是第二次世界大战后六十年代兴起的一个艺术派系,以最原初的物体自身或形式呈现于观者面前,让观者自主参与对作品的建构。极简主义对建筑、绘画、雕塑、设计、音乐及文学等诸多领域都产生了影响。

些特征有助于让我们将摩根对于报纸、机器、都市、语言、形式上的试验等方面的兴趣,和许多国家一大群的同类艺术们相提并论。因此,他想翻译他们的作品,也就不足为怪了。尤其难能可贵的是,他的翻译所涉及的范围如此之广阔,且质量如此之高。

从个人层面来看,翻译对于摩根亦大有裨益。他对于在古英语诗歌中的英雄式的苦行与疏离的自我认同,我们已经有所提及。战后,他有一种疏离之感,莫里斯·谢韦(Maurice Scève)[①]这位文艺复兴时期的诗人对摩根尤其具有吸引力。谢韦的诗歌以彼特拉克(Petrarch)[②]式的方式进行创作,也即当诗人所爱的对象距离遥远又或是无法得到时。摩根还翻译

---

① Maurice Scève(约1501—1564):文艺复兴时期活跃在里昂(Lyon)的法国诗人。他的精神恋爱的理论主要来自柏拉图(Plato)和彼特拉克(Petrarch)。

② Petrarch(1304—1374):意大利诗人、学者,被称为"人文主义之父"。1327年一位名为"劳拉"(Laura)的女士在教堂里演出时的身影,激发了诗人巨大的创作力。文艺复兴时期,彼特拉克的十四行诗成为抒情歌的典范,在整个欧洲成为大家模仿的对象。

了这一时期的彼特拉克、塔索（Tasso）①和马里诺（Marino）②等人的诗歌。

翻译也是丰富苏格兰语言的一种方式。把苏格兰语作为诗歌的一种媒介，摩根在此方面的博学无与伦比。他将麦克迪米德对于苏格兰语的试验进一步向前推进，同时又保留了他自己的特点，将在格拉斯哥他所听到的普通民众真实的话语运用于诗歌中。摩根将德国诗人海因里希·海涅（Heinrich Heine）③的作品以及英国作家莎士比亚（William Shakespeare）的悲剧《麦克白》（Macbeth）④分别从德文和英文，翻译成了由麦克迪米德所倡导的、更具文学性的、"综合性"的苏格兰语；同时，他也翻译了意大利作家米开朗

---

① Tasso（1544—1595）：意大利诗人。
② Marino（1569—1625）：意大利诗人。
③ Heinrich Heine（1797—1856）：德国诗人及新闻工作者。
④ Macbeth：莎士比亚最短的悲剧。

翻译作品：有关诗歌主题的变体

基罗(Michelangelo)①和莱奥帕尔迪(Leopardi)②的作品,以及俄国作家索洛维约夫(Solovyov)③和勃洛克(Blok)④的作品。现代苏格兰语在工业化的都市中得到了发展,摩根的所有这些翻译行为,不应该与他对现代苏格兰语的这份责任割裂开来。

也有一些诗人,是摩根出于亲近感或认同感才翻译的。事实上,如果要把某位外国诗人的作品很好地翻译出来,他需要对其态度或艺术才能有些认同。对摩根来说,有些诗人,不论是从对诗歌或是国家的承担来说,都是英雄人物。比如弗拉基米尔·马雅可夫斯基(Vladimir Mayakovsky,1893—1930)就是这样的一位英雄:杰出的诗人、剧作家、未来主义者和建构主义者(constructivist)。他运用自己巨大的创作能

---

① Michelangelo(1475—1564):意大利文艺复兴时期著名的诗人、雕塑家、画家。

② Leopardi (1798—1837):意大利诗人、散文家、哲学家,意大利浪漫主义文学的主要代表人物。

③ Solovyov (1853—1900):俄国诗人、哲学家、神学家。

④ Blok (1880—1921):俄罗斯诗人、戏曲家。

量,去推动俄国革命(Russian Revolution)①以来的社会变革。或许是因为劳累过度,他选择了自杀来结束自己的生命。摩根还记得他10岁时,读到的一篇有关的新闻报道。他首先尝试将马雅可夫斯基前卫的诗歌翻译成英文,却感觉到这种做法并不能和他对于俄罗斯所产生的影响相匹配。后来,他发现,苏格兰语的生动独特似乎更能体现马雅可夫斯基作品中的磅礴气势。摩根的译作,分别出版于1961年的《俄罗斯诗歌》(*Sovpoems*)和1972年的《用全部的声音》(*Wi the Haill Voice*),产生了很大的影响。

萨瓦多尔·夸西莫多(Salvatore Quasimodo)②是摩根非常钦佩的另外一个诗人。夸西莫多是诺贝尔文学奖获得者,意大利米兰的文学教授,他1960年到访苏格兰时,见到了摩根,非常喜欢摩根的译作。夸

---

① Russian Revolution:指1917年3月到11月期间在俄罗斯所发生的一系列的革命运动。

② Salvatore Quasimodo(1901—1968):意大利诗人、翻译家,1959年获得诺贝尔文学奖。

翻译作品:有关诗歌主题的变体

西莫多早期的诗作是象征主义的风格,晦涩难懂,慢慢地,其作品显现了对社会问题及其自己国家命运的关注。摩根对此非常钦佩。对于匈牙利诗人桑德尔·维欧莱斯(Sándor Weöres),摩根的钦佩之情更为强烈。1966年摩根在由英国文化委员会所组织的匈牙利之行中,遇到了桑德尔·维欧莱斯。摩根发现他博学多才、风格多样、语言精湛,却依然拥有孩童般的幽默。桑德尔·维欧莱斯是一位拥有多种声音的诗人,摩根立即对他产生了一种亲近感,随后翻译了他的许多诗歌。桑德尔·维欧莱斯身处共产主义的匈牙利,因此在马克思主义政权的审查中,得以幸免。

还有其他一些诗人,其遗世独立或与命运的抗争对摩根在情感上产生过影响。埃乌杰尼奥·蒙塔莱(Eugenio Montale)[①]诗作中忧郁的氛围、水面上灯光的变换、残破的建筑物、镜中的面孔、黄昏时分手风琴的声音等等,摩根都进行了回应。在莱奥帕尔迪

---

① Eugenio Montale(1896—1971):意大利诗人、散文家、编辑、翻译家,1975年获得诺贝尔文学奖。

(Leopardi)的作品中,他发现了相似的孤独感。对于匈牙利诗人拉约什·卡萨克(Lajos Kassák)和阿蒂拉.尤若夫(Attila József)①,他们的共同点是窘迫的经济状况、坚定的个人主义及前卫的态度。像马雅可夫斯基一样,尤若夫也选择了用自杀来结束自己的生命,这种未能将潜能充分展现出来的悲剧激励了摩根,更加努力地让尤若夫为更多的人所知晓。

诗歌翻译的理论

摩根在《无一不传达信息》一书中收录的《诗歌翻译》("The Translation of Poetry, Nothing Not Giving Messages":pp.232-35)一文中描述了他翻译的情形。他的方式融合了"闪烁之网"(flickering web)的概念,即把译者在开始阅读文本时所产生的图

---

① Attila József(1905—1937):二十世纪匈牙利最伟大的诗人之一,是匈牙利第一个描写工人生活的诗人,1937年自杀。

翻译作品:有关诗歌主题的变体

像的、声音的及感官的印象结合在一起。这就为所翻译的诗歌提供了一个最初的感觉:诗歌的"对称性或不规则性"(symmetry or ruggedness)、诗行的长度与节奏、"闭合或开放的组织结构、令人惊奇的或普通的词汇"——所有这一切都或多或少在一个印象的层面吸收,然后存储在大脑的后面部分。在下一个阶段,大脑的前面部分就会集中在"意义的网格"(grid of meaning)上,而这来源于查阅词典、语法,一个单词一个单词,一个短语一个短语,从头至尾的非常细致的工作。最后,译者需要对意义的网格重新调整,以适应印象的网格:"当二者一致时,译者便会感觉到他真的可以看见这首诗了。"

当实实在在的翻译开始时,奇特的事情便会发生。需要在原语与译入语两种语言之间搜寻对等,这种对等不是在译入语的词语与

> 诗歌的词语层面,诗歌本身是头脑中某种非文字的语言存在。[……]不想弄得神神秘秘的,但我相信的的确确有一定的道理[……],诗歌能够在

175

构成它的语言之外,独立存在。

接着,他引用了评论家瓦尔特·本雅明(Walter Benjamin)[1]的话:"译者有责任用自己的语言将另外一种语言释放出来,将囚禁在一部作品中的语言,通过自己对这部作品的再创作,解放出来。"

所翻译的诗歌不再"属于"原作者的观点,对于五十年代的摩根——一个正在苦苦挣扎,想要发现自己方向的年轻诗人——毫无疑问,具有很大的吸引力。这是对他在翻译诗歌的过程中,(至少)作为"共同作者"的肯定。摩根也非常喜欢雪莱(Shelley)[2]在《诗歌的辩护》("The Defence of Poetry")(写于1821年,出版于1840年)一文中的观点,"从世界形成之初,所有的诗人,就好像一个伟大头脑的互相合作的思想,共同构筑了"诗歌的大厦。不论这种观点是否正确,摩

---

[1] Walter Benjamin(1892—1940):德国哲学家、文化评论者。

[2] Percy Bysshe Shelley(1792—1922):英国著名的浪漫主义诗人。

根与另外一个诗人的世界产生认同的能力,他对押韵与节奏的精准掌握以及创造性使用词语的方式等,所有这些方面,在他作为一个诗人,未能取得突破之前,帮助他成为了一名出色的译者。

戏剧诗与诗剧

在九十年代,摩根会更多地使用媒体与更多读者进行交流。《在原子世界携手》(*Hold Hands Among the Atoms*)出版于1991年,诗集中的70首诗歌中,许多有关社会的主题已在一些期刊和苏格兰的报纸上发表过。同时,他也更多地投身到自己作品的戏剧及音乐表演中,这使得他的名气越来越大。他认为苏格兰的作家应该承担起评论社会的责任。摩根的这些活动可以看作他的这一观点的一部分。

九十年代的诗歌

在接近千年之际,摩根的诗歌关注生命的开始与结束、奖赏与惩罚、意志力、努力与冲突等方面。有两首最为震撼人心的诗聚焦于我们死后还剩下什么。在《米拉姨妈》("Aunt Myra",1901—1989,p.65)这首诗中,一位老妇人去世后,一名男子正在清理她曾居住过的房子。他突然为一个老旧的物件所触动:她的舞蹈卡片。这些卡片上还连接着小铅笔,是以前用来写下舞伴名字的。这个男子不知道该如何处理这些卡片,小小的卡片如此之轻,却也如此之重,承载着过去那些"温柔夜晚"的许许多多的记忆。诗歌中也充满了温柔之处,当男子手中的卡片吊在拴着铅笔的线下摇摆时,让人想起了如今已烟消云散的舞者曾经的翩翩起舞,与此形成鲜明对照的是男子的停顿。米拉姨妈和摩根的母亲是姐妹。

在《火》("Fires",p.166)一诗中,当他高唱"老旧的留声机,薄薄的唱片,狂野的旋律/回荡在拉瑟格伦"(some thin wild old gramophone that carried/ its passion across the Rutherglen street)时,对于父母的记忆让他回想起了自己童年的时光。这首从邻居家传来的音乐,仿佛让他回到了阳光灿烂的国家,在那里,他可能非常开心,哪怕是片刻的开心,所有的苦痛都会被燃烧成灰烬。这种燃烧奇妙地与他父母的骨灰混合在一起,最后几乎化为乌有——"我颂扬,我书写的那些诗行"(The not quite nothing I praise it and I write it)。他们的生命在年迈的诗人的诗行中得以延续。

这两首诗都没有涉及宗教,但摩根翻译的收录于《翻译诗歌集》中的《创造者》这首诗("Altus Prosator", Collected Translations, pp. 389 - 93)无法避免这一点。这首诗是献给圣高隆(St Columba)的,这是一首很有力量的字母表诗,每一节都以字母表 A 到 Z 中的一个字母开头。他的译文与拉丁文的原文在力量上非常匹配,原文使用了非常复杂的内部押韵与照应,来表达圣高隆将皮克特人(Picts)[①]转化为基督徒的使命的力量。它描绘了魔鬼撒旦与天使的堕落,以及他们在地狱所受到的惩罚。摩根的主要兴趣并不在于宗教,而是因为这首诗是最早的以文字

---

① Picts:指的是先于苏格兰人居住于今天苏格兰境内的先住民。

书写的苏格兰诗歌。

他更喜欢的看待事物的观点可以在《魔鬼》("Demon",1999)一诗中找到,以一个魔鬼的口吻说出。但说话者更多的是一个"dæmon",这是一个处于人与神之间的神灵,拥有超越人类的力量或智力。这个"人神"会去诗人曾去过的地方,并对这些地方进行评论,比如阿尔巴尼亚、波兰的奥斯维威辛集中营(Auschwitz concentration camp)。在离家更近的格拉斯哥,在《亚皆老街的魔鬼》("The Demon in Argyle Street")中,一个年轻的恶棍踢了魔鬼一脚,十分后悔,真希望自己没这么做。魔鬼的声音时而严厉,时而充满诱惑;时而嘲讽,时而残酷,最主要的是挑衅。这也反映了诗人在他人生的最后阶段,不断去探索生命秘密的决心:"我不会失败,我不会放弃。/我会读墙上的文字。你会看到的"(I don't come unstuck, I don't give up./ I'll read the writing on the wall. You'll see)。这些是魔鬼诀别时的话语。

这些诗歌还收录在《格拉斯哥:新诗 1997—2001》(*Cathures*:*New Poems* 1997—2001,2002,pp.93 -

千面诗人埃德温·摩根

115),由卡尔卡内特和马里斯卡特出版社共同出版。九十年代,卡尔卡内特出版社出版的摩根的诗集有《扫除黑暗》(*Sweeping Out the Dark*,1994)和《虚拟的与其他的现实》(*Virtual and Other Realities*,1997)。其中的第一本收录了摩根许多新的译作。第二本中,最出名的是"苏格兰的动物",描绘了苏格兰一系列的动物(野猫、三文鱼、海鳗等),这些是专门为萨克斯管演奏家托米·史密斯(Tommy Smith)[①]的音乐而创作的。

舞台上的诗歌

1996年,格拉斯哥爵士音乐节上,摩根和托米·史密斯及其乐队一起表演了"苏格兰的动物"。他们还一起创作和表演了《行星浪潮》("Planet Wave",1997),其中的第一部分收录于《诗作新辑》

---

① Tommy Smith(1967—):苏格兰爵士萨克斯管演奏家、作曲家、教育家。

(*New Selected Poems*, pp. 168 - 79)。这首诗以科幻小说家H·G·威尔斯(H. G. Wells)的《世界简史》(*A Short History of the World*, 1922, 1946)为基础,是为声音、爵士乐及合成器而创作。大的主题就是时间本身,波浪的意象在地球上的不同历史时期或历史事件中不断出现。从公元前 200 亿年前("开端"),到地球早期、恐龙的灭绝、诺亚洪水、金字塔等等,一直到"哥白尼"(Copernicus,1543)①。哥白尼对于行星运动的观察革新了当时人们对天文学的认知。

然而,给摩根的写作带来最大改变的正是戏剧,因为他为戏剧表演而创作的作品,后来又出版了。《爱德蒙·罗斯坦的大鼻子情圣:诗歌版新译文》(*Edmond Rostand's ② Cyrano de Bergerac③: A New Verse Translation*, 1992),这个具有同性恋潜台词的

---

① Copernicus (1473—1543):文艺复兴时期波兰的数学家、天文学家。提出了"日心说",即太阳为宇宙的中心。

② Edmond Rostand (1868—1918):法国剧作家、诗人。

③ Cyrano de Bergerac(1619—1655):法国小说家、剧作家。爱德蒙·罗斯坦以他为灵感创作了戏剧《大鼻子情圣》。

著名爱情故事以一种喧闹的方式,用格拉斯哥的方言再次演绎。《克里斯多福·马洛的浮士德博士:一个新的版本》(*Christopher Marlowe's* [①] *Dr Faustus* [②]: a new version,1999)探索的是意志力与科学努力的问题。摩根对于法国文学的兴趣,以及将苏格兰语作为一种戏剧媒介的兴趣,从《大鼻子情圣》的喜剧与感伤中转向了经典的悲剧《让·拉辛的费德拉:"费德拉"译本》(*Jean Racine:Phaedra* [③]: *a translation of Phèdre* [④],2000)。同年,他出版了《公元:耶稣生命的

---

① Christopher Marlowe(1564—1593):英国剧作家、诗人及翻译家,以写作无韵诗及悲剧闻名,是与莎士比亚同时代的人物。

② *Dr Faustus*:是克里斯多福·马洛根据浮士德博士的传说而改编的戏剧。

③ Phaedra:希腊神话中的一个人物,克里特岛的公主,忒修斯(Theseus)的妻子,后爱上了其继子希波吕托斯(Hippolytus)。古罗马剧作家塞内卡(Seneca)以此为基础创作了悲剧《费德拉》(Phaedra)。

④ *Phèdre*:法国剧作家让·拉辛(Jean Racine)所创作的悲剧。

戏剧三部曲》(*AD*: *A Trilogy of Plays on the Life of Jesus Christ*),继续关注中东欧的文化及历史,但由于他对耶稣不合常规的描述,在不同的教会团体中引起了争议。在所有这些戏剧作品中,他与格拉斯哥以及爱丁堡的戏剧公司展开了紧密的合作。在他的诗歌中,我们已经很明显地注意到他对精神方面的关注(不论是以圣人或魔鬼的形式),他对自由意志、身份及来生的关注等等,通过戏剧中的人物与冲突、音乐及戏剧设计等方式展现出来。与此同时,他不断地拓展都市苏格兰语的边界,身体力行向人们展示这种语言在不同的类别方面可以取得的成就。

1999年10月,摩根被推选为格拉斯哥的"桂冠诗人",受邀创作一首有关格拉斯哥的诗歌。当时,他已诊断出身患癌症,尽管经受着化疗带来的种种不适,他仍然专心致志地继续工作。事实上,深知自己时日不多,更加激励他不断向前,去完成他尚未完成的各个项目。

千面诗人埃德温·摩根

新世纪的诗歌

摩根给他 2002 年的诗集选择了格拉斯哥的旧称"*Cathures*"作为标题。它包含了他作为"格拉斯哥桂冠诗人"时期的成果。有九个人的戏剧独白:他们曾经要么是在现实中,要么是在想象中,生活在或到访过格拉斯哥。这些包括摩根的"祖先"白拉奇(Pelagius)①、梅林(Merlin)②、瑟诺赫(Thennoch,格拉斯哥的创始人及守护神芒戈③的母亲)、实业家约翰·田纳特(John Tennant)④、宗教改革家乔治·福克斯(George

---

① Pelagius(约 360—约 420):基督教神学家,否定原罪,强调自己意志,被教皇定为异端而被逐出教会。
② Merlin:苏格兰传说中的巫师,相传曾居住于格拉斯哥。
③ Mungo(518—614):格拉斯哥的创始人及守护神。
④ John Tennant(1796—1878):化工产品生产商。

Fox)①以及外科医生约翰·亨特(John Hunter)②等等。整个系列中,我们都能感受到一种强烈的能量感与责任感,每种声音都捕捉到了生命的冲突与碰撞。《变化中的格拉斯哥》("Changing Glasgow", *Cathures*, p. 31)记录了诗人对于格拉斯哥城市生活的回应。当他的生活为疾病所困时,他创作了更多的以家庭为基础的诗歌,但也有一些为音乐而创作的诗歌以及一组用新发明的押韵形式而创作的《格拉斯哥抒情诗》("Cathurian Lyrics", *Cathures*, pp. 81-89)。

摩根再次在《爱与生命》("Love and a Life")中使用这种格拉斯哥式的诗节,持续地对他漫长的一生中,早期和晚期的个人关系进行反思,也对人类之爱的多样性进行了思考,包括神秘的或精神的依恋。这首诗,和另外一首特别了不起的诗歌《为苏格兰议会

---

① George Fox (1624—1691):是英国反对国教的重要人物,被认为是"贵格会"(The Quakers)的创始人。

② John Hunter (1728—1793):苏格兰外科医生、科学家,倡导在医学中认真观察与使用科学的方法。

大楼揭幕而作》("For the Opening of the Scottish Parliament", 9 October 2004, *A Book of Lives*, p.9),是摩根最后一本主要的诗集《生命之书》(*A Book of Lives*, 2007)中的一部分。这本诗集入围了"T. S. 艾略特奖"(T. S. Eliot Award),获得了苏格兰艺术委员会年度最佳图书奖(the Scottish Arts Council Sundial Book of the Year Award)。

到此时,摩根已囿于轮椅,不得不靠救护车护送,前往梅尔罗斯(Melrose)的苏格兰边界图书节(Borders Book Festival)去领取该奖项。但他总能在想象中自由驰骋。《大话王闵希豪森男爵的故事》(*Tales from Baron Munchausen*, 2007)讲述的是德国汉诺威的一个士兵无法令人信服的故事。十八世纪时,他曾在俄国军队服役,对抗土耳其人。这些故事充满速度与激情、涉及了各种武器与战机,探索了故事讲述、谎言与疯狂之间的边界。这些故事是为在苏格兰巡回演出而创作的戏剧,因此,我们可以看到摩根的想象力超越了他受困的家。

摩根生命的暮年,身体已十分虚弱,但仍一如既往努力保持自己的创造力。他十分仔细地督察了自己的最后一本诗集《梦与噩梦:新创作的与未曾收录的诗歌》(*Dreams and Other Nightmares: New and Uncollected Poems*,2010)。这本诗集是为了祝贺摩根九十大寿而出版的,收录了他生命最后两年所创作的一些诗歌,包括了他从古英语所翻译的一个谜语,这是为一本国际性选集《词语交换》(*The Word Exchange*,2011)而翻译的,也是他最后的一首诗歌。该谜语的谜底,足以成为创作。

两位民族诗人?

当摩根成为苏格兰民族诗人之时,已有另一位民族诗人——罗伯特·彭斯(Robert Burns)[①]。尽管摩根十分喜爱彭斯的个性与诗歌,但作为一名评论家,

---

① Robert Burns(1759—1796):苏格兰著名诗人。主要用苏格兰语进行诗歌创作,受民歌影响,其诗歌便于吟唱,在民间广为流传。

他并未对彭斯发表过太多的评论。摩根对彭斯的多才多艺甚是钦佩——故事讲述者、社会评论家、作词者及演艺人员；摩根也同样才华横溢。两位诗人都十分关注苏格兰，关注其文化、历史及政治。两位诗人都写过苏格兰独立战争时期的英雄——华莱斯（Wallace）①和布鲁斯（Bruce）②，对当代人们的态度进行了挑战，支持苏格兰应该在当代国际政治事务中拥有一席之地。《致华莱斯》（"Lines for Wallace"）、《班诺克本之战》（"The Battle of Bannockburn"）③、《双子塔》（"The Twin Towers"）及《对恐怖战争发起的战争》（"The War on the War on Terror"）等收录进了摩根

---

① William Wallace（1270—1305）：苏格兰的骑士、贵族。在苏格兰独立战争中，领导了一支反抗武装力量，与英格兰展开斗争。

② Robert the Bruce（1274—1329）：苏格兰国王，即"罗伯特一世"。他领导了苏格兰人们打败了英格兰王国，确保了苏格兰王国的独立。

③ The Battle of Bannockburn：发生于1314年6月24日，是苏格兰第一次独立战争中决定性的一战。战役中苏格兰军队以少胜多，大败入侵的英格兰军队。

最后的一本诗集《生命之书》(*A Book of Lives*, pp. 14, 16, 42, 104)。

彭斯的作品将现实与奇异相结合,然而对摩根尤其具有吸引力的是其想象力。两位诗人都拥有超人的能力,可以快速而毫无征兆地从现实世界切换到奇异的世界。两人生命长短差异巨大,所处的社会背景及个性迥然不同(一位外向,一位更为内向),但他们仍然可以成为兄弟。他们都天生才具,智力超群,拥有非凡的想象力与敏锐的洞察力。他们反应敏锐,果敢坚定,不遗余力,才华熠熠生辉。他们的诗作不断地鼓励我们去追求自己内心与智力的极限,充分发挥我们的潜能。如此宽广的人性,与"任何狭隘的政党所宣称的真实"(any narrow party version of the truth)正好相反,是向苏格兰吹响的一声嘹亮的号角,是人们共同的心声,而这呼喊也必将在更广阔的世界引起回响与共鸣。

进一步阅读资料

埃德温·摩根诗歌选集

Collected Poems(Manchester: Carcanet Press, 1996)

Virtual and Other Realities(Manchester: Carcanet Press, 1997)

New Selected Poems(Manchester: Carcanet Press, 2000)

Cathures: New Poems 1997 – 2001(Manchester: Carcanet Press and Mariscat Press, 2002)

Tales from Baron Munchausen(Glasgow: Mariscat Press, 2005)

A Book of Lives(Manchester: Carcanet Press, 2007)

Dreams and Other Nightmares(Edinburgh: Mariscat Press, 2010)

埃德温·摩根诗歌翻译集

Collected Translations (Manchester: Carcanet Press, 1996)

The Colonnade of Teeth: Modern Hungarian Poetry, ed. George Gömöri and George Szirtes (Newcastle upon Tyne: Bloodaxe Books, 1996). Foreword and many translations by Edwin Morgan.

Attila Jozsef: Sixty Poems (Glasgow: Mariscat Press, 2001)

埃德温·摩根戏剧作品

Edmond Rostand's Cyrano de Bergerac. A new verse translation by Edwin Morgan (Manchester: Carcanet Press, 1992)

Christopher Marlowe's Doctor Faustus in a new version by Edwin Morgan (Edinburgh: Canongate, 1999)

Jean Racine's Phaedra: a tragedy. Translated by Ed-

win Morgan（Manchester：Carcanet Press，2000）

A.D.: a trilogy on the life of Jesus Christ（Manchester：Carcanet Press，2000）

埃德温·摩根撰写的评论性文章

Essays（Cheadle Hulme：Carcanet New Press，1974）

Crossing the Border: Essays on Scottish Literature（Manchester：Carcanet Press，1990）

Nothing Not Giving Messages：Edwin Morgan: reflections on work and life, ed. Hamish Whyte（Edinburgh：Polygon，1990）

"A Poet's Response to Burns" in Burns Now, ed. Kenneth Simpson（Edinburgh：Canongate Academic，1994）pp. 1-12

"A Scottish Trawl" in Gendering the Nation: Studies in Modern Scottish Literature, ed. Christopher Whyte（Edinburgh：Edinburgh University Press，1995）pp. 205-22

埃德温·摩根传记

McGonigal, James, *Beyond the Last Dragon: A Life of Edwin Morgan* (Dingwall: Sandstone Press, 2012)

埃德温·摩根教学资料

Cockburn, Ken, *The First Men on Mercury: A Poem by Edwin Morgan* Teaching ideas from the Scottish Poetry Library (Association for Scottish Literary Studies, 2009)

MacGillivray, Alan, *Aspects of Edwin Morgan* Teaching Notes, Autumn 2001 (Association for Scottish Literary Studies, 2001)

Metaphrog, *The First Men on Mercury: A comic-strip adaptation* (Metaphrog and Association for Scottish Literary Studies, 2009)

Thomson, Geddes, *The Poetry of Edwin Morgan* Scotnotes 2. (Association for Scottish Literary Studies, 1986)

Watson, Roderick, *17 Poems of Edwin Morgan: A Commentary*, *with Readings by Edwin Morgan* (CD：Association for Scottish Literary Studies, 2004)

——*23 Poems of Edwin Morgan: A Commentary*, *with Readings by Edwin Morgan*（CD：Association for Scottish Literary Studies, 2005）

埃德温·摩根研究作品选

Brown, Ian and Alan Riach, eds, *The Edinburgh Companion to Twentieth-Century Scottish Literature* (Edinburgh：Edinburgh University Press, 2009)

Crawford, Robert and Hamish Whyte, eds, *About Edwin Morgan* (Edinburgh：Edinburgh University Press, 1990)

Gifford, Douglas, Sarah Dunnigan and Alan MacGillivray, eds, *Scottish Literature in English and Scots* (Edinburgh：Edinburgh University Press, 2002)

"Scottish Poetry after 1945: Edwin Morgan" pp. 771-75

McGuire, Matthew and Colin Nicholson, eds, *Edinburgh Companion to Contemporary Scottish Poetry* (Edinburgh: Edinburgh University Press, 2009) "Edwin Morgan" pp. 97-110

Nicholson, Colin, *Edwin Morgan: Inventions of Modernity* (Manchester: Manchester University Press, 2002)

Schmidt, Michael, *An Introduction to Fifty Modern British Poets* (London: Pan Books, 1979) "Edwin Morgan" pp. 314-20

Watson, Roderick, *The Literature of Scotland: The Twentieth Century* (Basingstoke: Palgrave Macmillan, 1984, 2007) "New Visions of Old Scotland" pp. 203-15

—— "Internationalising Scottish Poetry" in *History of Scottish Literature, Volume 4: Twentieth Century* ed. Cairns Craig (Aberdeen: Aberdeen

University Press, 1989) pp. 311 - 30

Whyte, Christopher, *Modern Scottish Poetry* (Edinburgh: Edinburgh University Press, 1996) "The 1960s" pp. 120 - 48

埃德温·摩根相关网页

http://www.gla.ac.uk/services/specialcollections/collectionsa-z/edwinmorganpapers/

收藏于格拉斯哥大学的《埃德温·摩根文章》(*The Edwin Morgan Papers*)包括摩根所创作及翻译的数百首诗歌的原始手稿、关于不同话题的论文及评论、数千封与其他诗人的来往信件、一些有关他自己的出版物及不同刊物编辑工作的文章、旅行期间拍摄的照片，以及一些神秘的剪贴簿。

http://www.scottishpoetrylibrary.org.uk/poetry/edwin-morgan-archive

苏格兰诗歌图书馆(the Scottish Poetry Library)的这一网页侧重的是摩根出版物的一些图片，包括一些孤本及绝版诗集。网页上有一些传记的信息、来自诗人自己及其他评论家的评论、一些诗歌的现场阅读以及个体和小组形式的探索诗歌的一些想法。

http://www.edwinmorgan.com/

该网站是与摩根共同设计的。网页上有格拉斯哥以及苏格兰许多地方的图片,都与摩根的生活和诗歌有关。此外,还有欧洲一些学生写作的关于摩根的《苏格兰十四行诗》中某些诗歌的论文、参考书目、一些诗歌以及其他一些相关网页的链接。有些网页尚在创建之中。

http://www.glasgowlife.org.uk/libraries/the-mitchell-library/special-collections/Pages/home.aspx

埃德温·摩根个人图书馆(Edwin Morgan's Working Library)位于格拉斯哥的米切尔图书馆(Mitchell Library)特藏部(Department of Special Collections)。收录了摩根个人藏书13,000多册,其中许多书中有他的注释。

Originally published by The Association for Scottish Literary Studies (ASLS)
Simplified Chinese Edition Copyright © 2020 by NJUP
All rights reserved.

江苏省版权局著作权合同登记　图字：10 - 2020 - 156 号

图书在版编目(CIP)数据

千面诗人埃德温·摩根 /（英）詹姆斯·麦戈尼格尔著；李丽译. —南京：南京大学出版社，2020.8
（苏格兰文学经典导读 / 吕洪灵主编）
书名原文：The Poetry of Edwin Morgan
ISBN 978 - 7 - 305 - 22918 - 3

Ⅰ.①千… Ⅱ.①詹… ②李… Ⅲ.①埃德温·摩根—诗歌研究②埃德温·摩根—歌剧—剧本—文学研究 Ⅳ.①I561.072②I561.073

中国版本图书馆 CIP 数据核字(2020)第 127353 号

出版发行	南京大学出版社
社　　址	南京市汉口路 22 号　　邮　编　210093
出 版 人	金鑫荣
丛 书 名	苏格兰文学经典导读
主　　编	吕洪灵
书　　名	**千面诗人埃德温·摩根**
著　　者	[英]詹姆斯·麦戈尼格尔
译　　者	李　丽
责任编辑	董　颖
助理编辑	李小平
照　　排	南京紫藤制版印务中心
印　　刷	盐城市华光印刷厂
开　　本	787×1092　1/32　印张 6.75　字数 94 千
版　　次	2020 年 8 月第 1 版　2020 年 8 月第 1 次印刷
ISBN	978 - 7 - 305 - 22918 - 3
定　　价	38.00 元
网　　址	http://www.njupco.com
官方微博	http://weibo.com/njupco
官方微信	njupress
销售咨询	(025)83594756

* 版权所有，侵权必究
* 凡购买南大版图书，如有印装质量问题，请与所购图书销售部门联系调换